别恋

皮皮 王玉/著

上海文艺出版社

图书在版编目（CIP）数据

别恋/皮皮，王玉著.－上海：上海文艺出版社.2010.5
ISBN 978－7－5321－3858－6

Ⅰ.①别… Ⅱ.①皮…②王… Ⅲ.①长篇小说－中国－当代
Ⅳ.①I247.5

中国版本图书馆CIP数据核字（2010）第064727号

策　　划：魏心宏　贺鹏飞
责任编辑：乔　亮
特约编辑：孟　醒　闫富斌
装帧设计：Metis 灵动视线 TEL:010-85983452

别恋
皮皮　王玉著
上海文艺出版社出版、发行
地址：上海绍兴路74号
电子信箱：cslcm@public1.sta.net.cn
网址：www.slcm.com
新华书店经销　山东临沂新华印刷有限公司印刷
开本870×1092　1/32　印张5.5　字数89,000
2010年5月第1版　2010年5月第1次印刷
ISBN 978－7－5321－3858－6/I　2962　定价：28.00元

告读者　如发现本书有质量问题请与印刷厂质量科联系
T：0539－2925666

别恋

引子

没想到，三年前那个秋天里发生的一切，留给我的居然是绵绵不断的昏昏沉沉，我原以为失去爱情留下的是疼痛呢。转眼又到秋天了，京都的秋风很温和，似乎很爱惜街上女人脸上的淡妆和脖子上的轻纱。方仪来信说，她要和米歇尔结婚了；我回信祝福他们，真心为他们感到高兴。

“我恨不得飞到日本揍你一顿，让你疼得大叫，大哭。你不能这样木下去，醒着像睡着，睡着像醒着。别拿人到中年这样的借口搪塞我，我比你还大两岁哪。”方仪的这封邮件里第一次用了很多年轻人爱用的表情符号：龇牙咧嘴或者暴跳如雷。

“从维也纳到京都，好深的情谊。多谢了。我这样挺好的，像温水一样，温和不也是魅力的一种吗?！别总是替我担心，人各有命，放我一马，让我这低调衬着你那高调，活着多像唱戏。”

回过老方的信，心里空落落的。也许有一天，连老方也懒得理我了，我就像一个装满石头的大口袋，自己都嫌自己沉，何况别人。我常常在恍惚中呆坐，身心何在，浑然不知，它既在又不在，无论此处还是彼处。眼前的这个秋天里的所有景象和我彼此忽视着，忽远忽近……

校园的花圃里，藤花只剩下叶子。四、五月藤花盛开的时间里，我一次又一次地经过这里，现在却回忆不起它们昨日缀花无限的娇艳。在花圃边的长椅上坐下来，属于过去的某种心情也随着坐了下来。藤花开始飘落的秋叶，勾扯着不同的心绪……

藤花要攀缘，盘在树上，盘在别的支撑上，不然，美丽就无法呈现。爱情也是如此吧？离开具体的生活，便无处寄托自己的生命？真的如此吗？

“前几天，跟佐佐木教授一起度过了一个晚上。先是去木仓家吃寿司，排队等位置的时候，他说，等待的时间将增加品尝时的美味。轮到我们在转台前坐下吃时，佐佐木教授胃口大开，吃得很投入。我边吃边看，男人女人们头聚头地吃着，抬头咀嚼时，愉快地交谈，然后再扎头猛吃。厨师们忙着摆上新的寿司，喊付账的人边喊边打饱嗝，心满意足之情差点从嗓子眼直接冒出来。店里充满生鱼和清酒的味道，热气腾腾的，充满生机。老方，我用一把酸词，你可别起鸡皮疙瘩，真是久违了，闻着活着的味道。”

我的博导佐佐木教授是个少见的沉默寡言者，渐渐地，我养成了一种习惯：听他的话像听命令一样。

晚上我请你吃饭。他说。

是。我说。

为什么？我问。

嗯。他回答。

那天晚上是这个故事的真正开始。因为我不是作家，所以开始写一个故事，哪怕是关于自己的故事，需要特别的引子。佐佐木教授做了这个引子。

离开木仓寿司店，佐佐木教授让我往左拐，然后自己便小跑似的走在头里。当我们在一家没有卡拉 OK、没有陪酒小姐的小酒馆坐下时，我索性等着教授开口，他的表情中已经有一些让我陌生的东西。两壶热清酒端上来，他分别给两个杯子斟满，然后举杯说：

“下个月，我要结婚了。”说完点头，自己先干了。

“真的?！”我赶紧重复一遍佐佐木教授刚才的动作，干了自己的杯中酒，“祝贺祝贺！”

“意思一下就可以了。结婚没什么值得祝贺的。”佐佐木教授一边倒酒一边咕哝着。

“总比离婚值得祝贺。”我也小声嘀咕了一句。

“两个人相处得好，才值得祝贺。”

“那是！新娘子是哪里人啊？”

“山本太太的妹妹，在一个公司上班。”

山本太太有时帮助佐佐木教授照看家务。

我们忽然沉默了，各自喝各自的酒。佐佐木教授打破沉默时，我们差不多把自己小壶里的酒都喝光了。

“我等过你。”

我惊讶的表情肯定很夸张，借此掩饰慌乱吧。其实，我应该“知道”佐佐木教授可能等过我。从写博士论文到毕业当他的助手，一晃也六年了。

“三年前，你从国内回来，人变了，总是很低落。我已经是快六十岁的老头子了，不然，我会试试帮你振作起来。我要说的是，你四十多岁了，不是四岁，不该总是由着自己。困难总是要碰到的，面对困难的时候，人才能更好地表现自己的尊严，不是吗？总是顺利，猪就该跟人一样体面了。”佐佐木教授说到这里，把壶里的酒倒到我们两个人的杯里，举起自己的杯子，看着我的眼睛说，“你应该为自己这么长时间的消沉感到羞耻。”

之后是佐佐木教授的蜜月，再之后是我的回忆旅程。太久没有常文的消息了，他对我的遗忘或许跟我对他的遗忘仿佛，成全了一个彼此的遗忘。

第一部分 别

真的要摇醒自己，哪怕醒来后变成无法收拾的碎片？

我想了几天，觉得自己要这么做，下面是我写给常文的第一封信。

——吴黔

哎，你都好吧？

打开家门，立刻闻到了灰尘的味道，好像我一年前的生活已经埋葬其中。放下行李，拿出一瓶矿泉水，便开始给你写信了，好像这样我就可以停留在跟你在一起的时间里，不惊动我过去的生活，让它继续沉睡。

所有设想过的分别的情形，都没发生。去机场的出租车里，我简直像个丧失记忆的人，脑子里翻来覆去想的就是一件事：没让你送行是对的，没让你送行是对的。不然会多尴尬啊，多尴尬啊！

我怎么会觉得尴尬呢？鬼才知道。

我推着行李车走进机场大厅、走进人群中时，似乎慢慢地回到了过去的生活：总是一个人进进出出，不管机场还是火车站，不管家里还是学校……回到习惯中，我也从容了很多。

对了，你们的机场让我想起富士山，它像不像富士山脚下的一个夏令营？开玩笑。其实，我想说，你们的机场比我们的机场漂亮。我们的机场只是机场，不让人联想。我好像又看见你嘲笑我的表情。我一这么说话，你就那样看着我，好像我是一个神经不正常的女人。不过老话说，物以类聚，人以群分。

我们扯平了！

我走后，你会不会难过得要发疯，怎样都不能平息这难过，只好一口气喝半斤白酒，麻醉自己……

可惜，你不会这样，我知道你的"为人"，说不定，你现在正在长吁一口气，说，哎，这家伙终于走了，太烦人了。

原谅我又开始开玩笑了，不然还有别的办法对付眼前分别的痛苦吗？我眼下的心情比这空旷的房间还寂寥。

晚上，我是和衣盖着毯子在沙发上睡的，以为这样就能把另一个人留在我身上的味道保持得久一点。我无法把这心情写给你，因为太扭捏了，但它又是那么实实在在的：感觉着你的味道，哪怕是幻觉，对付眼前的空荡荡的孤独便容易些。

通过安检的时候，一对年轻的恋人在我眼前告别。他们拥抱后，女孩子便走进去了。可她没走几步远，突然冲回来，差点儿撞到我，投进男孩子的怀抱，两个人拥抱成一个人，生离死别般的，除了泪水还是泪水。接着，我和别的安检人员看着女孩子默默地接受各种安全检查，泪水无声，汩汩地流过她年轻的脸颊。那情形让人跟着心碎。

这个女孩居然跟我乘同一班飞机，等候登机时，我坐在她斜对面。她停止了哭泣，目光投向窗外的停机坪，无限茫然，清秀的面庞也变得像面具一样，仿佛忽然间被抽去了生命的活力。他们的爱情多么清澈啊！常文，那个瞬间里，我是那么羡慕他们的年轻，羡慕他们的无所顾忌。之前，我常常高兴，自己不再年轻，痛苦因此变“钝”了。青春多好啊，可惜我们都不再拥有了。

广播响起来的时候，女孩瞥了我一眼，很不屑的样子，好像作为一个中年人，连观看青春的必要也没有。我第一次觉得中年有些浑浊，因此觉得有些惭愧，中年简直就像一个灰色的舞台，背景、灯光、演员、台词、表情等等，一切都是灰色的。

多恶心啊！

飞机起飞，盘旋上升，冲破浓雾的遮蔽，平稳地飞在蓝天之下时，这糟糕的心情几乎摧毁了我的平衡。心里的秩序忽然坍塌了，变得七上八下，各种心绪相互穿插着……如果我也可以像那个女孩那样“纵情”，我会赖在你的城市不走，赖在你的身边，管他别人怎么想，我可以高喊自己的爱情。既然是爱情，便可以为此做一切……可惜，我并没有这底气，不是怕为难你，就是觉得自己不该这么做。

真没劲，这感觉糟透了。

断断续续写了这么长的信，还想接着写下去，因为害怕停下来。一旦停下来，对你的思念就会掐住我的脖子。你在我旁边的感觉那么强烈，走在你旁边时的温暖，你手掌按在我手背时的感觉，风把你的味道吹到我的脸上时的心悸……

我觉得自己像游魂，因为爱上了你？

早上起来，又觉得自己被你抛弃了。

——常文

我看着电脑，看着邮箱，看见你的信走进来……看完之后的感觉是安心。昨晚，我不停地担心你，说不清楚为什么，差点违反你临走时给我下的一周不打电话的“命令”。其实我知道你应对一切的能力比我强，可还是牵挂你。你好好的，别让我瞎操心。

现在我要去大画室，突然觉得可以开始画那幅照片。虽然你说，那照片本身就有油画效果，可我一直没找到一个点进去。

天黑了，我回到电脑前坐下，想接着给你写信。周围一片黑暗，看着鼠标一闪一闪的……你好吗？今天都干什么了？那里天气如何？秋天风很大吗？

我什么都没画出来。不说这些了。我高兴你不打电话的规定。你走了，但我们还会再见面，你还会回来，我也会去看你……这些都可以想见，但度过眼前并不像我想的那么容易。

给我写信。我想你，非常。

——吴黔

今天我干什么了？今天是周末，不用去学校，我还没有打扫屋子，你是不是正在庆幸自己没娶我这样的老婆，不会做家务。但我有别的优点，不是吗？我可以让你生气的同时忍不住要笑，这可不是一般的天赋啊，你说呢?!

我把车取回来了，一大早开车出去转了一圈。这里周六的上午，大街很空旷，我没有目的，瞎开，听“涅槃”唱的老歌。等红灯的时候，喝保温壶里的热茶；变绿灯时后面居然一辆车也没有，那就接着喝茶了，红灯，绿灯，红灯，绿灯……整条大街在我身后延伸着，少见的景致，属于周末的享受。

这个世界其实很大，常常很空荡，但却没有一个地方属于我们，思绪突然飘到这里，心情暗淡了。好在我们各自心里为彼此挖掘了一个角落。

我过去喜欢“涅槃”，主要是喜欢科本的嘶哑。他嗓音里有种绝望，也许就是这绝望的嘶哑把他引向了死亡。谁知道啊，不瞒你说，我听了《Come as You Are》和《About a Girl》之后，才发现从前我没太留意的歌词，好像是故意写给我的。

来吧，像你过去那样，像你现在这样
像我希望你变成的那样
像朋友那样，像朋友那样
……我需要一个简单的朋友
……但我不能每个夜里都看见你
……

爱上你让我觉得那么充实，可是，与此同时，我也常常担心。具体担心什么，我又说不出来。比如，这歌词顿时把我的情绪弄得无比低落，也许，我只能做你的朋友，我不止一次这么想过。

你的信写得好“复杂”，好像一张藏宝图，几乎每行字后面都藏着什么。要是你能把你心里的话都说出来多好啊，我不会觉得，那样你就不酷了，不男人了。你永远不会那样的。唉，可惜啊！

你是不是觉得你这样我就会更爱你啊？

是的，是的，我已经更爱你了。从什么时候开始的？我该好好回忆一下……

记得从前的一个女朋友，我结婚前，我们经常下班后一起聊天。聊晚了，她就留下来过夜。有个晚上，临睡时，她对我说，哎，你要是睡着了，告诉我一声。

恋爱和睡着了，既不同又相同，都不能确定到底是从什么时候开始的。如果她还活着，我至少能告诉她，我恋爱了，尽管我不能告诉她，我什么时候睡着了。可惜，她已经去世八年了。认识方仪后，我更经常地想起她，她们在某些方面是那么相像。

那次开车去东山的路上，我爱上了常文！

我放了《毕业生》的电影音乐。《你要去思卡堡集市吗？》响起的时候，我没看见但感觉到了常文的心绪。他握方向盘的手不由自主地用力……

“你要去思卡堡集市吗／带我问候一个朋友／她曾经是我的挚爱……”我默默地瞥着他，他看着前方，忽然间，我看见他眼睛里有了泪光。我的心收得紧紧的，好像就要发生什么大事。

他说，好多年前，第一次听这首歌的时候，他喝多了。

我当时猜想，他喝多的时候一定也哭了。但我不敢问证。

你居然为一首歌喝多了。我说。

别笑话我。他说。

怎么会呢？我在心里对自己说，我很幸运，能碰到这样的男人。在那些特别的时刻里，可以跟他像歌里唱的那样，“用无言交谈，用无声倾听”。这么想的时候，自己变成了能被一首歌改变的女人，愿意为眼前这个男人做一切。

别往心里去，这不算优点，我还摔掉了一颗牙呢！常文这么说的时候，我从自己的遐思中抬眼看他，他眼神中那份永远无法消失的沉重，立刻提醒我，我能为他做的一切是那么有限。无论怎样，他是一个我不该爱的男人，因为他是别人的男人。

奇怪的是，在这一刻里，我居然那么肯定，我爱上了这个男人。

哎，哎，咋回事，你？说话！别闷着，别分散我开车的注意力。常文突然对我大喊起来，回来，回来，别走太远。

——吴黔

今天，我想起我们开车去东山的那个下午。还记得我们听《毕业生》时的谈话吗？我忽然想知道，那首歌那么打动你，是不是它的歌词让你想到了旧日的挚爱？

问候昔日的爱人，石楠花丛，小镰刀……哎，有一天，你会不会因为我再听这首歌时流泪呢？当我也变成了你旧日的恋人……

我知道你看到这些话立刻就会生气，至少很沮丧。对不起了，可我现在就很沮丧，如果给你写信时我还不能胡说八道，那就更沮丧了，还不如去世哪。我已经写累了，我闭上眼睛，好像又跟你在一起了，好像你正在厨房给我泡茶，现在我等着你送茶来，顺便在我脖子上掐两下……

怎样，你都不能想象，我有多想念你。

你肯定不想念我。

——常文

不许胡说！再认真说一遍，不许胡说。昔日，跟你没关系，我不会让你变成昔日的什么人，管他什么人！

明天要去吉江那边写生。临时组织了几个人，都挺没劲的，但我不想一个人去。

别给我添乱，好好的，想着我。

我比你想我更想你，因为我不太会写，好多话说不出来。我得找事情把自己拴住，不然，我就会冲到你那里。我不想这样。你说的有道理，你我都不年轻了，冲动只能变得可笑。

不过，我不是很在乎自己是不是可笑。

我必须控制自己有别的理由。

照顾好你自己。

——吴黔

真的要去写生吗？我临走时，你说，无论如何想把那幅大画画出来，有问题吗？

没想到时间推进得这么缓慢。不知为什么，有点担心你的情绪，你家里都正常吧？

要不我们通个电话？

去吉江哪里啊？有没有网络，手机能通不？

今天学校开会，佐佐木教授布置了眼前这本书的具体编写分工。我负责中国抗日战争这段，这意味着我将被绑得更紧，因为还有日常的助理工作。不过，参加编写这本书的好处是能提高我的学术地位，也许还可以有几块钱的版税收入。

学校的秋天一直都很美，各种树各种颜色的叶子都在纷纷飘落，既灿烂又凄美。校园西北角上的藤花，这个季节里，几多黄灿灿的叶子，更有令人心碎的魅力，好像无论怎样，它都不失自己的美丽。

爱上你之前，所有的美丽，我即使看到了，也觉得它们是身外之物；现在它们似乎能够走进我心里，这时，我好像才明白何为美丽。

谢谢你，让我对美丽敞开了自己。之前，我像不像一个碉堡？只是防御着，防御自己再次被伤害，即使不知道伤害来自何处，仍然防御着，多傻啊。

我仍然有些担心你。给我消息。

——方仪

嗨，吴黔，一切都好吧？估计你已经回到日本了。

抱歉没及时和你联系，但是，向上帝保证，我经常想到你。不过，你不用向我道歉，虽然你也没给我消息。恋爱总归是恋爱……有时，我想，爱情是这个世界上最强硬的理由。因为强硬，它也常常显得没道理。我知道你不会同意我的这个看法，没关系，不同的看法让世界混乱的同时，也增加几分繁荣。

跟你说件事情之前，先说两句“酸话”。我一直觉得人到中年，交不了真正意义上的新朋友了。通过这次学者访问的机会认识你，我改变了想法，人到中年至少可以再交一个新朋友、好朋友。

你别害怕，我不是同性恋。我说的朋友，就是朋友这个意义上的朋友。

回来后，我的生活发生了连续不断的变化，每个变化都可以用“巨大”形容。我最近常有的感受就是，自己即将被摧毁。我最先想到说话的人就是你。你很从容，有时还有点小孩子气，聪明但不僵硬，很感性等等吧，我就不再接着夸你了，总之，我们是好朋友，对不对？

吴黔，我需要你的帮助。我的“维也纳男人”要跟我离婚。

——吴黔

有外遇？

你和他之间还有余地吗？

跟我说说你的这个维也纳的沃尔夫冈。

无论怎样，我能帮到你任何忙，你都不要客气，给我命令就是了。

——方仪

关于沃尔夫冈，我跟你说的不多，在你和常文恋爱时，我更愿意听你说你们的爱情。我和沃尔夫冈一起过了这么多年，差不多是老夫老妻了，总觉得没什么好说的。

我们关系中的基础是我们共同的专业。它一方面增加了我们关系的稳定性；另一方面肯定也让这关系显得单调和无聊，感情色彩很弱。结婚八九年了，不仅婚姻，连婚姻中的人似乎也变得很中性。所以那些晚上，我拿着红酒去敲你的房门，真像进书场听评书的老太太，很愿意倾听爱情，哪怕不是自己的爱情。由此，我也应该看到，我和沃尔夫冈关系中的爱情信息很微弱，他爱上别的女人，也难免吧。

现在我跟你说说我的沃尔夫冈，应该说是曾经的沃尔夫冈。

你曾经笑我，用“维也纳男人”称呼沃尔夫冈。你知道，这曾是他的求婚词。“我是维也纳男人，想跟你结婚。”我回答他：“我是中国女人，不想跟你结婚。”他最后的成功跟他的倔犟有关：“我还是维也纳男人，就是想跟你结婚。”

如果我必须回头给他来个总结的话，我想，这个维也纳男人的最大的优点是：该倔犟的时候倔犟，该服软的时候温柔。我回到维也纳的第二天晚上，他把维也纳男人的气概藏了起来，差不多是温柔地提出离婚的请求，求我放他一马。他喜欢上了自己的女博士生。

更惨的是，我看见他坦白（不懂撒谎的艺术，索性开门见山）、无助、小男孩般的表情时，心不是软了，是化了。我抱着沃尔夫冈的脑袋不停地哭，好像他不是我丈夫，而是我儿子。我一边哭一边告诉他，我同意离婚。

在八年婚姻生活渐渐积累的麻木中，我好像重新爱上了这个“维也纳男人”。这感情居然那么强烈，但让我觉得陌生，让我不知所措。我不知道我下一步会做出什么举动。我现在的理智告诉我，离婚，然后找个新的工作离开这里，也许回国对我是个解脱。

吴黔，这么多年来，我第一次对自己毫无把握。没有对自己的信任，也没有对自己所为的理解。我对沃尔夫冈的反应让我陷入一种极深的分裂中：既能正视自己心中对他的柔情，同时也恨自己如此反应。

你和常文一切都顺利吗？

如果老方的离婚发生在眼前，无论帮助她的愿望如何真诚和强烈，估计都帮不上她什么，即使把无关痛痒的安慰话说得恳切无比，仍然是无关痛痒吧。那时，我们能把话说到彼此心里去，因为彼此都在情感中，幸福的或不幸的。有时，我想，一个人对自己没有感觉之后，也不可能还对别人，对周围的万物有什么感觉。跟自私没关系吧。

一种大而无当的生活，细节难寻。

——吴黔

你已经动身了吗？没有消息，让我很着急。刚才打了你的手机，不在服务区。

你在哪儿啊？已经两天没有你的消息，弄得我一点心情都没有。今天又开了一下午会，继续研究那本书编写的具体分工。我跟你说过了，书的主题是关于战争中的妇女。我想，所有经历过战争的国家，无论日本中国俄罗斯，还是德国越南朝鲜等等，其妇女所发挥的作用以及她们的经历，都很值得研究。中国抗战这段，我想把侧重点放到知识妇女在战争中心理状态的变化上，估计得看一些文学作品，比如萧红。

电脑手机都开着，我等得好烦，屋子收拾完了，衣服洗了，该看的书都摊开在书桌上……可是，没你的消息，我看不下去，看着看着就串行了。

告诉我你的消息，让我安心地睡一觉。这两天，总是睡了醒，醒了睡，睡不实。你到底怎么回事啊？

——常文

抱歉，让你担心了。我已经到了吉江，没想到的是这里没有网络，手机信号也很弱。我刚开车到通凡，现在在镇上的一个网吧里。

我先把这封信发给你，你收到就去睡觉，别再担心我。

——吴黔

收到了，放心了，但也睡不着了。你能在网吧待一会儿吗？我们聊聊吧。路上都顺利吗？为什么临走前没告诉我一声，好像匆匆离开的，没事吧？

——常文

没事，按计划出发的，只是临走前，我头疼，生气气的。

——吴黔

谁惹你生气了？胆子太大了。我表现很好吧？惹你生气的肯定不是我，对不对？

——常文

跟家里生气。没什么大事，鸡毛蒜皮，但是，很那个，吵得很烦。

——吴黔

是这样啊。

不知道该对你说什么。

现在头疼好了吧？

——常文

换个话题。我准备在这儿多待一段。我们开两辆车过来的，他们走了之后，我想一个人待一段。

这里离通凡镇还有三十多公里，很偏僻，所以也安宁。村里人对汽车都感到新奇，好多人一辈子也没去过比通凡更远的地方，民风很古朴。今天早上，我不到五点起来拍照片时，站到村头的一个小土包上，看着一家家屋顶的炊烟，听着偶尔传来的鸡鸭叫声，搞得我心里乱糟糟的。

你知道，我小时候四岁到九岁，是在农村长大的。我们兄弟四个，我老三。四岁时，父亲去世，妈妈上班，带不过来这么多孩子，把我和老四送到姥姥姥爷家。我对农村很有感情，但是，我弟弟不一样。一提农村生活，我弟弟就呕了。人各有命吧，我弟弟现在是一个大医院的院长，挺得意的。相比较，我还是怀念农村生活挺容易解释的：我在城里混得不好啊。画了这么多年，周围画画的，不是名气变大了，就是钱变多了。跟他们比，我不过还是老样子，尽管我知道自己在往前“画”。

在艺术感觉和理解上能往前走，能够有变化，一直是我的动力。除了你，我从没对任何人说过这个：我逐渐开始怀疑自己的坚持是否有意义，也许我对自己的艺术判断能力，不再那么自信。

要是不遇上你，我永远都不会把这怀疑说出来，即使它常常折磨我。我习惯了一个人不动声色地面对。跟酷没关系，只是一种方式而已。周围都是文人艺术家演变的“官员”，像我一样。飞快消失的除了艺术家的气质也许还有对艺术的热爱。我不知道我是否还有所谓的艺术家的气质，但心里很清楚，那份对艺术的热爱，至少在我这里没有消失，也许更强烈了。也许因此，我变得有点像怪物，比那些从艺术梦中醒来，在仕途上狂奔的人更怪。即使，我很理性地分析一切，想清楚一切，仍然无法把画画放到第二位，放到行政工作之下，就像我无法为画画放弃职位一样……这很像刑罚……

这个小村子把我的心情搞乱了。我一点酒也没喝，却像喝多了，就想跟你说说话。太晚了，你还是去睡吧。

——吴黔

别管晚不晚，继续跟我说，好吗？我想知道，非常想知道。说吧，我等着听。

——常文

我其实是一个很弱的男人，我的生活跟我的关系，基本是我撑着它。而有好多男人却能驾驭生活，所以他们很高调。我既不羡慕也不反感他们的生活状态。还是那句话，人各有命吧。

认识你到现在，我还没说过，我爱你。你好像也够特别了，居然不要求男人说这句话。也许，你很自信，更愿意等待。我想说的是，我没说过这句话，因为它不能完全地表达我对你的感情。

我第一次在车里拉起你的手时，我就知道，这跟我过去生活中发生过的不同。坦白地说，我一拥抱你，就不想放开，这当然跟性有关系，另一方面也跟这种感觉有关，拉着你还是拥抱你，让我那么心安，觉得有力量，觉得不管发生什么，我们都能应付，都不用担心害怕。跟你在一起，我有两个人四只手的感觉。过去，我牵过别的女人的手，但我总觉得自己还是一个人，有时，甚至觉得自己只剩半个人了。越走近越孤独，越孤独越想寻找。所以，有段时间，我频繁换过女朋友。别生气，认识你之前，我已经认识到了这错误，已经改正了，已经改正过好久了，相信我。

眼前这个小村子，再加上你，一点一点地搅乱了我的生活。我真想过，跟你逃到这里，作为一种出路。我画画，你研究研究农村妇女的变迁……怎么都能过日子的，除了画画，我也会种地。

我真的不能再说了，太晚了。不说了，你好好睡觉吧。

——吴黔

让我想想！

请你看见我这么写的时候，别马上做出你最习惯性的反应——别想了，我就是那么说说，忘了吧。你经常这样“躲闪”，很烦人。你说的话，无论像酒话还是像梦话，对我来说，都是你的心里话。

看你刚才的信时，我流泪了。我不知道为什么流泪，好复杂的感觉。我理解你内心的孤独，愿意让你靠着我，但我没有自己很强大的感觉，相反，却有跟你一样的感觉，想依赖你的感觉。这么说依赖的时候，似乎很负面，其实不是。我想，你我都还算是“坚强”的人，无论内心怎样孤独，都不会随便认可什么依靠。也许，这依赖的前提是心灵的相知。

认识你以后，总有你在我身后的什么地方注视着我的幻觉，好像我突然踩了香蕉皮，一个后仰摔出去，也会被你接住。这肯定是幻觉，但它总在我的感觉中，几乎从未离去过，渐渐地变得有点像某种安全感。

跟你一起，我有同样的感觉，我既不担心也不害怕，好像我们分别都不是很强，但也不是很弱，站到一起，便很强，这是一种紧密团结的感觉，无论外界发生什么，这感觉总是在第一时间到位，让我感觉到身后的力量。在凉意通透的秋天，这感觉像是穿了一件遥远但温暖的棉衣。

所以，我总是忍不住慨叹：认识你，我觉得那么值得，因为你给了我这样的感觉。

顺便说一句，以后别跟家里吵架了。不管什么原因，我想，该道歉的总归是你。你现在的"处境"，或许让你变得有些不正常，给家里打个电话，说开就好了。

回去路黑，开车小心。

我爱你。

——吴黔

嗨，老方，你好像重新爱上你的维也纳小男人。我觉得你的沃尔夫冈该倔犟时倔犟，该温柔时温柔，有些可疑。

要我看，沃尔夫冈爱上自己的博士生和你重新对他柔情满怀，都涉及了一个问题：这个维也纳男人某种意义上还是一个维也纳男孩。这样的男人即使生理上成熟了，心理上还保留着一个天地，让他们身上无法泯灭的孩子气任意释放。

其实，我非常理解你的感情。回头看我自己的情感轨迹，也是一样，我喜欢的男人似乎也有这样的特质。如果他们聪明，他们便会利用我们的这种“软肋”。说真的，沃尔夫冈的表现，让我想起我前夫。他没有维也纳男人的温柔，但他爱上的女人决定不跟他私奔后，他毫不犹豫地回来了，希望我原谅，希望我能再给他一次机会。记得，当时的一个同事警告我，再给别人一次机会意味着自己失去一次机会。现在回头想那个同事的话，也许不乏道理。但是，无论那时还是现在，上帝都没赋予我类似的聪明，我奉上了一次所谓的机会给对方，但这不妨碍他再次出轨。

反正，我已经习惯不在这些方面动脑子，跟着感觉走，以诚相待，这样上帝就能满意，你说呢？

跟常文，该怎么说呢？隔山隔水隔着距离隔着时间，好遥远啊。要是我们两个还住在学校的留学生楼就好了，晚上敲开门，就着葡萄酒，山南海北聊开去……我真的很怀念那段时光，跟你聊天非常愉快，跟常文也是。可惜你们都不在我身边。

随着跟他相处的加深，内心的矛盾也在膨胀。我越来越认可他，依恋他，也越来越害怕，害怕这爱情有一天把我引向绝望……我不知道，如今我仍然不能想象，去拆散人家。这么多年的婚姻，估计时间本身就是感情。

不说了，你找新工作的范围有多大？来日本试试？或者你想回国？来信。

保重。

——常文

说是来写生的，三四天我一个完整的东西也没画出来，脑子和心在几样东西之间晃荡：想那幅大画，那个男人的表情总是变幻着，不稳定；想你，突然想画你，不下笔的时候，你的脸在我眼前，无比清晰，一下笔，它就跑了；在看塞尚跟他儿子的通信，然后思路又都跑到当年塞尚的画里——要是他一辈子就画圣维克多山，会不会成为另一个塞尚？他的几何造型带给我很多折磨，我甚至想，要是没受过那么正规的绘画教育就好了。每当我脑子里出现创新的想法时，所有学院里学到的东西就立刻跑出来阻拦。可惜，任何一个美术学院都不会告诉学生，绘画可以没有线条、没有造型，就像任何一个社会都不会对它的百姓说，可以没有婚姻、没有家庭，只要感情交流就行了。

总之，这么乱的思绪，搞得我很烦。

这样下去，我就废了，不能集中精力。这样的心态，跟你不无联系吧？你把我搞得像初恋的傻小子，总是想你，想你。

不过，我能休息。下午阳光好的时候，坐在山坡上，胡思乱想，偶尔打个盹。今天，我又想，也许我们将来真的可以跑到这里来，可以办个学校，或者加入民办教师的行列，你教语文政治什么的，我教音乐美术体育，数学你我轮着教？

不能天天看你的信，不好。你回去身体如何？有没有水土不服？肠胃如何？工作先放放，好好休息一下，别让我惦记。还有，来了吗？昨天，我做梦，你怀孕了。

——吴黔

你梦见我怀孕时的心情如何？高兴，焦虑还是烦？

你不能集中精力创作，但能休息，这不挺好吗？至少这让我挺高兴。再说，多想着我一点，对你也没坏处。想我想得越多，发现的优点就越多，对不对？慢慢地，你就会庆幸，在我落到别的“虎口”之前及时地认识了我。

现在不开玩笑，说点“认真”的话题，关于休息。

你还记得那次去水库游泳吗？出发之前，你在我房间，我们一起等方仪。你倚在我的床上，不知不觉睡着了。我坐在椅子上看着你：你的面容有些疲惫，微敛着眉头，好像有很多牵挂……那一刻里，我第一次把你的生活拢到一起去看，之前，我注意的都是感情层面的，看到的都是作为恋人的你。

除了恋人，你还是别人的丈夫，一个父亲，一个画家，一个文化官员……你要创作，要开会，要出差，要应酬，要赚钱……我要你经常运动，你曾经给我的回答是，不是不愿意，也不是完全没有时间，只是有空的时候，已经没有多余的气力去运动，宁愿躺在沙发上听听音乐……

我在看着你睡着的那一刻里，觉得很惭愧。我爱上了一个男人，但没有爱上与他有关的一切，因为我没意识到，也许是潜意识禁止自己去想那些，好像那一切属于你的家庭范畴，我没有权利去管。

你突然惊醒的时候，我刚好来得及转过身去，不想让你看见泪水，因为不知道该怎么解释那种心情。你根本没发现我的情绪变化，好像也没意识到自己刚才睡着了。你坐起来的同时已经去掏手机，你说，差点忘了，有件很重要的事情还没落实。

我在卫生间的镜子前，看见了自己脸上更深的自责：跟我对你的爱情比，我对你的关心不够。看到这里，你会马上反对我这么说，从这个意义上说，我很了解你。你也许会说，跟我的关心比起来，你对我的关心更不够。也许是，但这跟我想说的没关系，我不想跟你计算谁的关心更多。我想说的是，我愿意更关心你一些，因为我是女人。女人比男人更会关心人吧。可你知道，写到这里，我的心情跟看着你睡着时一样难过，我现在有的只是想关心你的心情，但我不知道怎样才能把这心情变成行动。要是我能消灭美术史就好了，那样你就不用那么用心去画画；或者我能禁止你当官……不说了，心里犯堵。

现在你能在吉江的小土坡上小憩，多好啊。好好休息，就算是为我，为我们也许会有的将来。

方仪来信说，她丈夫沃尔夫冈提出离婚，因为他爱上了别的女人。

好像所有的男人都爱上了别的女人，老天怎样对待男人自己从前的女人啊？我曾经也是被丈夫抛弃的女人……我的心情糟透了，都搅到一起了。

我还不知道，我是不是怀孕了。

——吴黔

又没有你的消息了，不过，现在不担心了。知道你在那个小村子里安静地待着，看不见你回信的痛苦便小很多。

前天又看了看写给你的信，心里不免嘀咕，是不是我说的太多太“重”，打扰你了。有时，恋爱让我“沮丧”，好像我把脑子放到了你的脖子上，连重心都倾斜到你那里去了。你要是叹口气，也许就能把我吹倒。这样下去，我或迟或早得变成你肚子里的虫子，一点“自我”也保留不了，那时候你就该像躲债主一样躲我了。

现在你当然会说，别说傻话，女人怎么都这么愚蠢……好吧，在我还没变得那么愚蠢之前，随你说好了。我想说的是，连我自己都不理解，我怎么会那么依恋你。

这两天，我从网上下了两部老电影，看得很投入，甚至觉得以前没看懂这两个片子。一个是《走出非洲》，另一部是《卡萨布兰卡》。《走出非洲》的音乐、《卡萨布兰卡》的台词歌词在我心里搅合起来，好像变成了另一部电影。“和你看《卡萨布兰卡》的时候，我坠入了爱河，那么浓的爱意在炎热的夏季里……在卡萨布兰卡，曾经的亲吻还在唇上，你消失的叹息也带走了你的吻……回到卡萨布兰卡，我的身边，时光流逝，我对你的爱恋与日俱增……”

别笑我这么“酸”，这应该是我们年轻时的情怀。可惜，二十年前，要么是这些电影还没引进，要么是我们还没懂爱情。一晃老了，爱情和《卡萨布兰卡》一起来的时候，对爱情，心里很没底，没把握。

我常常很迷信，今天细想想这两个电影，很害怕，它们深深地打动了我，莫非就是因为它们上演了恋人的擦肩而过？不说这个了，越想越害怕。

换个话题。

今天佐佐木教授问我回国这一年，过得如何。我说挺好的。他说，我好像变了。我故意装傻说自己没觉得，但脸肯定红得不行了，教授笑笑转身走了。

这个话题也不好，再换一个。

最近，眼睛看东西越来越不舒服，在电脑上的时间太长了，但我仍不能放弃给你写信。给你写信的时候，我好像既在回忆中又在现实中，追溯在一起的时光，好像又与你在往事中走了一遭，偏得啊，是不是？你要不要也试试。算了，我希望你拿给我写信的时间休息。

想念你。更想念你周围淡淡的油彩混合着淡淡的烟草的味道。

也有人想我吗？

——常文

谢谢你，好姑娘。谢谢。我知道不该说谢谢。可我是真心想说谢谢，谢谢你给我写了这么多，这么长，这么好的信。看你的信，是我最大的享受。不好的是，总得按住去找你的冲动。

我想你，非常想，尽管总觉得你就在我周围。遇到需要考虑的事情时，自动去想，要是你在，会说什么，会怎么想。你不是我肚子里的虫子，是我心里的虫子。留在那儿，别到处乱跑了。什么佐佐木不佐佐木的，相信我，我比所有的男人更适合你。留在我这里。尽管我没权利这样要求你，但还是要说，留在我这里，跟我一起留在我们的卡萨布兰卡。你可以把我这些话当废话听，我一直相信我们在一起会很高兴，不一定富有，但会高兴。

这两天手挺顺，可惜，明天就得回去了。单位有事，我拖不过的。明天一早走，现在给你写信，估计到了之后，就是接连不断的会，担心没时间写信给你。

给我写信，求你了，多写点儿。你不是希望我休息吗？看你的信我就能休息，看完信闭上眼睛，什么都能想起来……我手心里一直留着拉你手时的记忆。你的手介于温凉之间，每次拉你的手，都恨不得把我有的都给你。

多可惜，我所有的寥寥无几。

——吴黔

路上开车，多加小心。每次对你这样说话，都觉得是废话，但还是忍不住要说。好像这跟你开车是不是小心一点关系没有，这是我此时此刻必须说的话，任何其他话都代替不了的，哪怕说了没用还是要说……这让我想起妈妈叮嘱孩子出门多穿衣服……似乎是一样的事情，但又多么不一样啊。妈妈和孩子永远都不陌生，而恋人在他们成为恋人之前是陌生人，在他们不再相恋时，可能重新成为陌生人，但他们还是要发自内心地叮嘱：小心啊，开车小心，天凉了，想着加衣服……

唉，认识你之前，我也这么叮嘱过，但没意识到其中的这份深情。有时，我想，四十岁开始第一次恋情，也许根本不晚。这个近黄昏的年龄像一个绝佳的酒窖，有着合适的温度，有着年轻所没有的理解和耐心，有着从容和豁达……我们能酿出……天哪，我在说什么，太自恋了！年轻人至少有我们最缺乏的品质——勇敢。

否定中年，青春万岁！

原谅我又回到赞美中年的主题上。我突然发现，我对自己迈进中年居然格外的满意，一点没有继续跟青春纠缠，抱着青春的大腿不放的心情。这些都是因为认识了你。我甚至高兴现在认识你，而不是在你我都还年轻的时候。你年轻的时候肯定是个喜欢移情别恋的主儿，感谢老天爷，没让我那时候落到你手里。昨天地铁里看了一本别人随手扔掉的杂志，里面有篇介绍一个服装设计师的文章，他说他最注重的设计原则，是平衡。可惜我忘了他的名字。也许做什么事情都可以遵循平衡的原则，中国千百年来儒家倡导的中庸，其实说的是同一回事。

唉，心情忽然很乱。有时候我那么脆弱，好像空气里飘浮的灰粒，也能把我变得难过，居然毫无缘由。不过别担心吧，我不是常常这样发神经的，大部分时间，我还是一个正常的妇女。

现在我得去睡觉，明天一天安排得满满的，自己上课，给别人上课。

祝我好梦！祝你不困，顺利驾驶。

两年前的春天，我去首尔参加一个会议，之后我一个人坐车去天安待了两天。除了一个我不想参观的博物馆，那是一个没什么特色的城市，有些寂寥。我住在城边一个小家庭旅馆里，每天步行通过一个菜市场和一个登山爱好者聚集的宾馆，路上总能碰见那些装备齐全准备去登山的中年夫妇。他们穿的很“专业”，但一看就知道，他们没有登山素质，也缺乏运动素质。他们为登山作准备的乐趣也许大于登山本身。从城市回到菜市场回到旅馆，有点儿像从过去走来，拐进了别人的生活，自己周围的一切仍然很虚幻。在这个寂寞的韩国小城里，我想到常文。随即，无论常文还是我，还是那些登山爱好者，都消隐到巨大的背景中，一眼望去，那里什么都有，又什么都没有。

生活中充满了真实的假象，美好的事物更是如此吧……

“你刚才给我打电话了？”我看到手机上未接来电显示，估计常文他们正在由写生地返家的路上。

“是啊，你没接，上课了吧？”

“就是，出什么事了吗？你到家了？”

“没什么事，还没到家，就是想听听你的声音。”

“真的没事吗？你们走到哪儿了？”

“走了一半了，没事，车坏了，正在修。”常文平静地说，“可能得在这里过夜。”

“问题严重吗？”

“好像不严重，但今天估计修不好。”

“别忘了给你家里打个电话，免得惦记。”

“我靠，不该你想的事情，你也想，累不累啊？”

“对不起，我突然想到了，就说了。”

“行了，一会儿还得去上课吧？行了，听到你声音了，别浪费电话费，挂了吧？”

“到能上网的地方，给我写信呗，告诉我……”

“告诉你什么？”

“告诉我你现在含在嘴里没说出来的话。”

之后电话断了，信号不好或者常文很不礼貌地挂断了？我现在还记得当时我的心境：既安宁又疲惫，好像接下来的时间可以放松地等待，但又不知道希望等来的是什么。

那天晚上，给方仪写了一封信。

——吴黔

嗨，老方，几天没你的消息了，一切都好吧？给我来信说说你的情况。

我还是“老样子”，当然不同于我过去的老样子，是新样子状态下的“老样子”。常文找了个机会或者说找了个借口，出去写生。我没跟他提过，但自己想过，他是不是突然觉得家庭有些气闷。老方，说到类似的事情，我很感谢老天让我认识了你。能跟你聊聊我不能跟常文说的话，眼前对我真的很重要。

我越来越喜欢常文的同时，这份感情的阴影也越来越大。也许是因为内疚，我经常想到他的家庭，更准确地说，想到他妻子，因为他们家里只有这个女人，他们的女儿已经上大学了。

关于他妻子，常文只说起过一次。给我的感觉，她是和你我不太一样的女人。常文很少谈起她，只言片语间，她“留给”我一个很“酷”的印象。完整医学教育，全职工作（好像是外科大夫），但当主妇似乎也很到位，好像家里照顾得很周全。老方，一个女人怎么能做到这一切，一这么想，我茫然得要死，觉得她无限神秘。

虽然我不认识这个女人，但关于她我总是想个没完。你看，老方，除了给常文写缠绵的信，我也纠缠在另外的思绪里。也许，你会说，这些都不是我该想的。可惜，我偏偏想那些不该想的乱事，就像我爱不该爱的人一样。

为了让自己在常文那里保持一个脱俗的形象，我从不跟他说这些。这么想，也够厌恶自己的。我不比他妻子好到哪儿去，他喜欢我，也许就是偶然中的偶然。

不说这些了，老方，恋爱固然美好，可有时候也很烦。恋爱让人变得可笑。

说说你，等你的信。

——方仪

我刚刚搬了家，跟一个老太太合住。这个老太太八十岁，过去是个教师，丈夫死了，一个人住在有四个房间的公寓里。她租给我其中一间带独立卫生间的，厨房公用。房租还可以，在我能承担的范畴内；地点很中心，但那条街很安静，离学校三站地铁。

除此之外，我跟沃尔夫冈签了离婚协议书，但手续还要等到一年以后办理。这里离婚要求一年的分居期。这些程序上的事情，生活中的具体琐事，我还能很清楚地向你汇报。感情方面的，要汇报起来，就不容易了。不过，我还是试试。

今天，我跟过去的一个女朋友（在监狱做心理咨询医生）一起喝咖啡，我说起了我的状态，也说到了你。她认为，我们写信聊这些情感的事情，其实某种程度上可以代替心理咨询。你看，我也得感谢你，你让我省了心理咨询的钱。什么时候见面，我请你大餐一顿，去最好的地方，花掉最后一分钱，管它是瑞士法郎还是人民币，统统花掉。

跟沃尔夫冈基本上没联系。我禁止自己没事的时候给他打电话，也尽量不去学校，免得碰见。但我很期待他打电话给我，也许我想借此证明什么吧。他偶尔打电话给我，问候性的。一开始，他问我过得怎么样等等，我还是认真回答，跟他说我的生活、工作以及各种安排和打算。后来，我发现他不是真的有兴趣听我说这些，只是出于礼貌才没打断我。从那以后，我不再说这些了，我们的通话也逐渐变得稀少和例行公事。几天前在学校发生的一件事，非常刺激我，我发誓不再接沃尔夫冈的电话……

这几天一种可怕的感觉主宰着我：觉得自己是多余的。凡是多余的，都应该被抛弃。我应该高兴，沃尔夫冈抛弃了我，不然，我还发现不了自己是多余的。

吴黔，我终于在学校食堂，碰见了沃尔夫冈喜欢上的那个女人。她也叫安娜，是我回国这段时间里，从另一个教授那里“倾斜”到沃尔夫冈这里的。我们遇见时，她和我认识的安娜在一起。安娜正常地为我们介绍，她根本不知道沃尔夫冈和那个女人之间发生的事情。我尽量控制自己的情绪，跟她们寒暄，同时也仔细观察了那个女人。当我一个人坐在角落吃饭时，忍不住哭了，尽管我之前告诫自己一万遍，千万别哭。

我必须面对的不是沃尔夫冈，而是这个女人。无论我对她怀着怎样的反感甚至厌恶，都得承认眼前的事实：跟她比，我几乎不是女人。不是她比我年轻多少，我估计她比我小不了多少；也不是她比我漂亮多少，如果仅仅看长相，我不觉得我比她难看——吴黔，我猜想，你可能也没遇到过这样的女人，她有一种少见的风情，不仅不下流不低级，甚至是活力的、健康的。她表现这风情的分寸又是绝顶到位，没有丝毫过火。她能立刻使人相信，她是个有头脑的女人，而且不是那种由良好教育构成的所谓的头脑（那种被教育出来的所谓的聪明人，常常很笨），是真正的有头脑。她好像属于那种有天赋，从小就有主见，善于思考的女人。这两种罕见难得的禀赋，使她从眼神到举止都充满自信，一种不张扬的真正的自信。

这样的女人在学术圈里混，你不难想象她博士毕业后的前途。她可以扶摇直上，只要她愿意。从她看我的眼神中，我看到了她的野心。我想，连她自己都相信，有一天她会离开沃尔夫冈，假如沃尔夫冈无法再在学术上前途上帮助她。只要她愿意，她有一天变成某个校长的夫人，只是--个时间问题。

她穿衣服的风格一如人的风格，简约但质地牌子都很讲究。她看我的眼神，就好像不知道我是沃尔夫冈的妻子一样，甚至连前妻也不是。她不慌不张的从容，根本不是控制自己的结果，好像就是她的“天然”状态。面对我，她好像不屑表现出慌乱。她友好甚至温存的态度，由上而下的……伤得我体无完肤……但却无处诉说，更不要说抱怨了。

我发誓走出沃尔夫冈的生活，永不回头，无论发生什么。我无法解释这种决绝是从哪里来的，但我能做到。我想起过去一个女朋友说过的经历，她丈夫有了外遇，把那个女人领回家和她摊牌。我那女朋友说，那一刻里她既生气又难过。难过的是没想到她丈夫找了一个根本不如她的女人。她说，要是他找一个各方面都比她强的女人，她心里可能好过些，输也输得值得。吴黔，要是我现在还有这个女朋友的电话，会立刻打电话告诉她我此时此刻的感受：一个各方面都比你强的女人击败你时，拿走的不仅仅是你的丈夫、你对未来生活的信心……还有你的性别——她让你觉得自己连女人都不是。

我能理解，太能理解了，为什么沃尔夫冈为这个女人发疯，居然毫不犹豫地动了离婚的念头。这个女人让他明白什么是情欲，什么是真正的女人，同时也让他感觉到自己是个真正的男人。相比之下，跟我在一起，沃尔夫冈明白的是友情或者说深情，我跟他的日常生活更像师生或者朋友。我们聊天的话题比例只有百分之一是关于情感的，而这情感又常常是被对方所为感动，表示感谢。此外就是专业政治社会艺术等等。

我原来以为婚姻就应该是这样的！

我好对不起生活，它给了我一次活的机会，但我白活了。

——吴黔

老方，我们两个谈了那么多关于两个"陌生"的女人。

一个让你如此绝望，另一个让我如此难过。有一天，那个让我难过的女人，知道了自己丈夫的婚外情，也会难过。我本来想写信安慰你，可一想起这些，便觉得任何安慰的话都很虚假，好像整个世界的模样突然变得狰狞。

你能理解我的心情吗？人类的情感为什么要变得这么复杂？即使有那么多宗教道德的前提，人的情感仍旧变得更加更加复杂。老天爷会怎么看呢？有一天，他烦了，会不会撒手不管了？

老方，真的很抱歉，我不仅没给你安慰，还给你额外添堵。过两天我再给你写信吧。

希望你能天天去运动，出汗。运动的汗水拯救过我很多次，希望对你也适用。

保重。

——常文

我有点羡慕你的直感，巫婆似的，看来，以后不能跟你撒谎，否则肯定被你搞得狼狈无比。

给你打电话，是因为车坏了，但没跟你说车是撞坏的。一个不大不小的车祸，虽然有惊无险，有个同事手臂骨折了，我头划破了，缝了两针。

我不想细说当时的情形，应该算是与死亡擦肩而过，运气好。应急反应之后，就是想给你打个电话，听听你的声音。甚至觉得你的声音能告诉我，我还活着。

你对我重要到什么程度，我自己也不知道了。

为我保重你自己。我也会爱护我自己，为你。

昨天夜里到的。一切都还好。

想念你。

——吴黔

谢谢你还是告诉了我实情。如果你没这么做，以后被我知道了，会怨你，理由说不清楚。

头没事吧？今天给你打电话，你没接，估计是开会吧？什么时候能拆线啊？要是留疤，就又为你增分了。听说，带伤疤的男人，现在仍然比不带疤的酷，很男人，很汉子，很那个……

恋爱了，人会不知不觉地关心对方。你手指头割破了这样的事情，也应该告诉我，知道吗？理由说不清楚，所以没有理由不告诉我，必须的。

其实，我刚才写了一大堆伤疤长伤疤短的，就是让你安心，就是留下伤疤了，我也不会嫌弃你，懂了吗？也许，还会更喜欢你一点点。

让我们把身边的所有琐事都向对方汇报吧。假如我头疼，我也会告诉你，假如我难过，假如我喜欢上了别人……千万别打我，开玩笑的。

我不会喜欢上别人的，永远不会。其实，跟你在一起的时候，就想告诉你这些，总是不好意思说出口，是年纪大了，还是性格使然？反正结果都是一样的，你我在这个意义上，半斤八两。

开开玩笑，也许能减轻一点疼痛，也许可以压压惊。要是我在你身边就好了，你不是说我是巫婆吗，我轻轻摸一下你的伤口，就都好了。

早日康复。

——常文

你在这里的时候，本来见面的机会就少，加上你我都很忙，再加上你说的性格局限（也包括你的吧），在一起时，我们常常调侃，直接的感情交流不多。我想，这跟我们两个人关系令人尴尬的前提有关，所以愿意找些轻松的话题。

你的这封信少见地轻松，让我想起在一起时，你说话的方式，像一个装成大人的小孩，开玩笑，开玩笑。怎么说，我喜欢你的这一点。说句实话，我很愿意听你调侃，也愿意被你调侃……这么写的时候，又想跑去见你。

在一起的时候，多好啊。

一起散步、看电影、听音乐，常常也不用说话。不说话的时候，心里也很有把握，知道对方正在想什么。你知道，出车祸后，我想到了什么？

我嘴笨，可惜手也不灵。要是我会写作就好了，把我所有感受写出来，一定是本好书。

我有待努力……

——吴黔

谁说你不会写作？不会写作怎么会玩悬念？悬念是文学创作的重要手法之一。常文同志，还是朴素地把你在出车祸后想到的事情写出来吧。关子卖多了，钱花不出去。

赶快告诉我，我必须马上知道。

——常文

我终于把那幅大画的框架勾了出来，那几大块，看来看去，都觉得挺对劲儿，估计这次能站住，能画下去。

我忽然有个想法，把你画到这幅画上。还记得照片吧？牧民身后草棚前的那片阴影？我想把你画到那里，作为我的保藏。昨天翻看了伦勃朗的画册，这主儿居然把暗处的光影处理得惊心动魄，即使画幅很小的那些素描，暗处的人物及其表情，绝对不可思议。我知道，我画不了这么好，但你能理解我的心情吗？如果我把你画到那片阴影中，就表示，我要挑战一下自己的能力。

如果我现在结束这封信，估计你会非常生气，甚至可能用不给我写信来惩罚我，所以，我不敢在这里结束这封信，要先交代那件我想到的事情之后，再结束。

不过，现在午休时间过了，下午有会。我保证，今天晚上接着交代。

一会儿见。

——常文

车祸之后，我发现一件事，对我自己来说，也很奇怪。

我说，你别笑话我，想你也不会笑话我。

实话，我一直很怕死。

我不是那种缩头缩脑的男人，年轻时也不是很惧打架这种事。但坐飞机时，这种对死的恐惧就挺明显。有一次，坐飞机去云南，降落前飞机有些问题，颠簸得很厉害……那一刻里，我算是跟这种恐惧正面打了招呼。我在心里问自己，要是就这么完了，怎么样？

我不能想象！

一直以来，我把死亡看成是一个过程，出生，成长，成熟，衰老，死亡，一环扣一环的。在衰老之前死亡，也许比在成熟前死亡幸运些？按理说，有了充分心理准备的人，即使不能寿终正寝，在年过半百时离开，似乎也不该心怀恐惧，除非他该做的事都没做，或者没做完，留下太多遗憾。

我就属于这种人。虽然我不知道，自己到底要达到怎样的人生目标，但我知道，过去的生活里，有太多事情，一再被自己推迟，统统寄托给明天。比如，女儿小时候，我给她念过的那个故事，一个把所有事推到明天做的小猴子，那个小猴子变老之后，心情大概也会如此。换句话说，我期望的事情，在我生活中发生的太少，同时发生了太多我不那么期望的事情，比如升官，比如结婚，比如与很多女人的交往等等。

在修车的小镇上，我们找到的那个招待所，条件差极了，可我却睡得很香。我想，要是运气差一点，这个我一辈子没来过的小镇便是人生的终点了。这么想的时候，我发现自己既没恐惧也没有什么伤感。马上想到了你，认识了你，就算一切到那天为止，也值了。从那以后，我觉得又困又累，很快睡着了。

我总有一种感觉，人一辈子有点莫名其妙，可以变得无比复杂，假如人们愿意把它搞复杂；也可以过分简单，像古人说的那样，万变不离其宗。我觉得，不管哪种情况，前提都是诚实，自我欺骗不在此列。

既然写到这儿了，不妨跟你一起看看这辈子，到底有多少被我推迟到明天的事情？

——只有一件：跟吴小姐一起，画自己想画的画，粗茶淡饭，在天高地远的某个地方！

再过两个小时，我们就到明天了。

——吴黔

常文！看了你的信，我哭了，之后，什么话都说不出来。

我好像被无数想说的话胀满了，又觉得说什么，都无力，都苍白。

谢谢你。其实，这并不是我想说的。

读常文这封信时的吴黔，或许已经很深地爱上了对方。她被这封信打动时，并没有想到，在他们的情感旅途上，常文走得更远。他爱上吴黔以后，恨不得把她变成自己的一部分。这么想的男人，立刻就会动结婚的念头，在他们看来，只有共同生活，才能实现这样的愿望。

吴黔怎样爱常文，都是把他作为另一个人爱的。这是今天的我对昨天的自己所说的实话。时过境迁的好处是心平气和，哪怕是自己面对自己。

道理明晰的时候，人却枯萎了。

后悔，在人无法后悔的时候，不过是个词，不如一粒石子，甚至激不起任何感情涟漪。

——吴黔

我应该把今天命名为“想入非非的一天”。早饭后，端了一杯茶，坐到窗台上，看着楼下铺满落叶的小街，偶尔有小孩子跑过去，一定是去街角的小公园，那里有孩子玩的地方。阳关灿烂，坐在窗台上，暖融融的。假如条件允许，我真想经常这么过礼拜天——什么都不做，坐在阳光里幻想美好的事情，想入非非。

想来想去才发现，每件想到的事情都跟你有关系，直接的间接的，好像你已经变成了我的底色，我甚至都回忆不起来了，认识你之前，我的生活是怎样的，它们存在过吗？

开玩笑。不过，也不算是开玩笑，实话实说。

今天我想，人和人的相亲相爱，到底是从哪里来的，怎样来的？你也许会说，是从缘分那里来的。好吧，从缘分那里怎么来的？我们既看不见缘分，也摸不到，它总得通过什么，让我们感觉到，是不是？通过什么？亲爱的常文，对我来说，它是通过气味的。

我曾经对你说过，气味对我很重要，几乎可以说味道就是我的宿命。我想，我是从你的气味中认出你的，你的味道让我觉得那么熟悉，有点像我自己的味道，差不多是没有味道的味道。当我们第一次亲吻时，我的心乱了。接吻时围拢过来的气味，差点融化了我。

接下来的时间里，这气味带领我找到了熟悉和亲切，找到了安全和依赖的感觉。我想，你不会相信我说的这些，所有超出你理解范畴的事情，你都不信。没关系，我不是非要你相信。事实证明，这味道没有骗我，它带着我找到了一个伴侣。

常文，跟你在一起四处闲逛时，我好像回到了童年，而你就是邻居家的小男孩。

你还记得我们在老城一个店铺一个店铺地逛，每家都进去转一圈。出来后再去议论人家，这个傻，那个牛，这个酷，那个怪，然后我们再又傻又怪地笑个不停。走饿了，就去找过去的老店狂吃，边吃边回忆过去饭菜的老味道。

这么写着，口水都流出来了，仿佛又经历了一遍，好舒服，就差一个口福，这就是幻想的缺陷。

在军工厂家属区闲逛的那个傍晚，我们坐在健身器械上，看着那些火柴盒里窗口的灯光。陆续从厨房中飘出的不同的炒菜味道，大蒜味、红烧肉味、孜然味、饺子味……你问我，能不能想象，住在这样的房子里，过这样的生活。我问你什么样的生活。你说，普通的日常生活：下班买菜做饭，吃完饭看电视，看完电视睡觉，第二天再去上班，年复一年。当时告诉你的我的心情，至今也没有变化。我能想象过这样的生活，前提是跟你一起。

如果必须给我们的关系定位，说是情人，不如说是玩伴，你说呢？青梅竹马的玩伴，尽管你出生四十多年后我才认识你，也许是前辈子的缘分。跟你一起听音乐，看你画画，跟你开玩笑，逗你……我总喜欢观察你。你的表情，常常像一个没长大的任性的小男孩，不顺从，但愿意把自己最好的东西，给自己喜欢的邻居家小女孩。不知道为什么，这一切似乎并不重要的事情深深地打动了我，让我情不自禁地幻想，跟你要个孩子。

扯远了。有时，我真的想过，要是我们就保持这样的孩子般的伙伴关系，要是我们放弃性，老天会不会因此恩准你我的“交往”？

——常文

能够发现我孩子气的人，肯定也没长大。

你的信让我哭笑不得。傻丫头，标准说法，你这叫逃避现实。

你说老天是否恩准你我交往，还不如说我们自己是否恩准了我们的交往。恩准了，对我来说，就是彼此完全认可，什么优点缺点统统接受。

天冷了，冬天来了，假期也快来了。假期来了，你就可以回来了，我们就可以见面了。好想你，虽然刚分开没多久。

——吴黔

老方，昨天夜里飘小雪了。我穿着厚棉衣悄悄下楼，在房东家小花园里坐了一阵，居然一点不冷。雪花柔软密集，在我周围安静却匆忙地落下来。我忽然发现雪花的美感中有很多矛盾的因素，它是凉的、冷的，但它飘落的样子，却给人温暖的感觉。它们让我想起柔和刚的关系。柔能克刚，因为它本身充满了“刚”，它克的力量既不来自“柔”，也不来自“刚”，应该来自两者之上的层次，那里柔和刚融为一体了。

我由此想到了你和我，这么联想有点煞风景，管它呢，生活哲学为生活所用。你感觉好些了吗？

昨天失眠了，想了很多事情，也想到了你。我想，如果你有博大的耐心，两年后沃尔夫冈和你将重修旧好，也许一年后已经重新开始共同的生活。常文说了，我的直感很准的。

我们曾经聊过时间的“功效”。我说，时间几乎是我的信仰，我相信时间，因为时间总能给我们一个接近真实的答案。你说，你同意，但并不指望时间的帮助。我想，你很诚实，能真实地面对自己内心的情感，但你并不听从情感指挥。指挥你的是理智或者说心智。你明白了什么，于是，所谓的情感状态便是可以改变的。

老方，说你的时候，这些更像是我要说给自己的。我也许就是一个过于理性的人。

我失眠的原因是发现自己怀孕了。

回来后月经一个月没来，但我并没在意，因为每次换地方，水土等原因，总是有些紊乱。现在的结果，一下子击晕我了。

——常文

回来后都是事务性的工作，刚刚能喘口气。这两天没你的信，忙吗？身体没问题吧？

你还记得我们去乌山时碰到的那个道士吧。当时，他拦着我们，非要给我算命，这两天我好几次想到他说的话。我本来是不信这些东西的，像你了解我的那样。那道士说，我今明两年多事。你还问他什么样的事，好事还是坏事。他说，都在一起。

偶然想起了他说的话，加上你几天没消息，心里很惦记。

来信。

——吴黔

抱歉，我这几天也是忙得不行，所以没写信。另外的原因，也是想看看，你是不是很在意我的信。要是我的信你可读可不读，那我就不用点灯熬油地写了。

今天中午在食堂吃饭时，看见一个女人，在食堂靠窗的座位上，一边吃三明治，一边用铅笔在一张纸上画头像。她画的是个老头，也许她记忆中的姥爷爷爷之类的。看她画画，我很羡慕，要是我也能画两笔就好了，那样,除了听音乐,我们可以再有点别的共同爱好。可惜，上中小学的时候，美术课就是我最头疼的。老师把一个搪瓷茶缸摆到讲台上，开始让大家画时，我马上丧失所有模仿能力、学习能力，跟傻子似的。

所以，现在你应该相信我，我对你的崇拜是真的，而且不能再真了，一点嫉妒都没有。

不过，我还有一个可以给你一点安慰的好消息。前段时间，我在一个老店买了个老相机——奥林巴斯

OM—1。现在我已经钻研了摄影的基本知识，上街兜过几个来回，拍了十多卷黑白和彩色。没及时向你汇报的原因是，看看自己是不是真的喜欢拍照片。

现在基本上可以确定，我对拍照有些着迷。你拍照是为了画画，那我拍照是为了想你，真是这样，不夸张。

有时，心情像阴天，恰好外边也是阴天，碰巧又有时间的时候，我就背着相机出去转。觉得寂寞的时候，想念你的时候，相机就像一杯高度数的老白干，像狗一样忠诚地陪伴着孤独中的人。

背起相机，我总想起牛仔和他的马。

什么时候，我把拍的东西发给你看看，当然是选好的了。到目前为止，我最喜欢的一张照片是偶然抓拍的：一个正在过马路的女人，好像想起了什么，忽然停在马路中间，回转身，眼神既像看着什么，又像什么都没看见，十分茫然……我已经把这张照片放到电脑屏幕上了。

相机把我和街道联系起来，把我和陌生人联系起来，分散了寂寞。在这安慰中，我总是想，你在另一个城市，和我一样。也许，真的会有这样的巧合，我们同时举起相机，对准不同的画面……

难道摄影是你我除了邮件之外的一个神秘联系？

——方仪

你想怎么办？跟常文说了吗？晚上通个电话？

——吴黔

老方，我还没跟他说，也不知道要不要跟他说，要说的话，还不知道该怎么说。今天，我请假在家待了一天，心里越来越乱。我给他写信尽量说些别的，但这么东拉西扯，变得越来越难。

你说我该怎么办？

——方仪

你怎么突然变得这么没主见了？这不太像你。

怎样我都不能想象，你不跟他说。你考虑怎么说，还不如好好考虑一下，你想怎么做？

——吴黔

老方，我能怎么做呢？我不能面对这个孩子，因为我不能面对他的婚姻。

我从没想过，他可能离婚。不是不想让他离婚，是不敢这么想。

老方，我没你想的那么坚强，也没我自己曾经想过的那么有主见。真见鬼啊。

——方仪

你爱他吗？

——吴黔

当然爱。

——方仪

顺着这个思路往下想，估计能有结果。

——常文

好姑娘，你几乎总是天天给我写信，这两天怎么不坚持了？要是忙，一个月不写也没问题，只是我惦记你。明天通个电话吧？

——吴黔

还是写信吧。这两天，一是太忙，二是我感冒了，吃了感冒药，总是昏睡，浑身没劲儿。

明天就好了，再给你写信。

——常文

昨天夜里，我一个哥们儿，认识二十多年了，很聊得来，比我小七岁，跟你同岁，给我打电话。我以为他喝多了，说酒话，他说要跟我告别。

不久前查出来的，肺癌晚期。

他有个哥们儿是医生，那人我也认识。他们从小一块儿长大的，他跟我哥们儿交了底：几个月，甚至随时。

我这哥们儿叫广源，是学建筑的。电话里他跟我说，查出病之后，他就给自己买了一块坟地，现在又后悔了。他求我，什么时候把他的骨灰从坟里挖出来，从高处撒下去，撒向大海还是大地，都无所谓，只要是从高处撒开就行。他说，在低处活得又腻又累，死了之后自由一把。

昨晚在电话里，我觉得他差不多把最后还能说的话都说尽了。我要开车去看他，他要我千万别去，他在外地，跟他过去的一个情人小玉在一起。他说，有多少钱，有多少才华，他也不能给自己造个以天地为构架的居所，死，居然成全了他，至少圆了一个无法圆的梦。我提醒他别在小玉面前说这些，他笑得透不过气了。他说，五个小时前，他已经把小玉赶走了。

我坚持开车把他接回来，但他把电话撂了。

吴黔，回来看我一次吧，我知道这么要求很过分，你刚走。要不让我去看你一次，现在办日本的签证很容易。我不知道自己到底怎么了，我想看着你，抱着你，拉着你，想跑到够得到你的地方。我不是害怕面对死亡，这其间我的变化，跟你说过了。

不是死亡，是孤独。也许平时我周围就充满了孤独，死亡让这孤独感变得强烈了。在我心里，好像我这个哥们儿已经离开了。我这么说有点残酷，但这就是我的心情。我有被抛弃的感觉，他活着的时候，我们什么都能聊。因为有他，我对自己婚姻的缺陷都变得不敏感了。

电话把我老婆也吵醒了。我跟她说了，她起来给我泡茶，安慰我。抛开我是不是感动不说，她所做的一切不仅没有减少我的孤独感，反而增加了。看着她我突然觉得无比歉疚，不是因为我有过的几次感情纠葛对她构成的背叛或伤害，而是因为我决定跟她结婚时，自己还不知道，她怎样都碰不到我内心的那个地方，只有那里的一切才能决定我的幸福和痛苦。有意无意间，我一直在欺骗她。

吴黔，你碰到了那个地方。你好像带着很多人的化身走进了那个地方。我曾经认真想过，把你扣留在那里，因为认识你，我才觉得过去总是让我无法对付的孤独和难过，是有希望战胜的。

这么说说、写写，我终于能喘口气了。忘了我刚才的请求吧，我毕竟还是一个男人，能对付过去的。你好好安心写论文，争取早点写完。我们的路还长，不是吗？

——吴黔

请你原谅我这么“无情”，我们还是坚持到假期再见面吧。

说实话，我比你更想见面。可是，总有那么多事情和困难阻碍我们……有时候，我居然很矛盾，渴望跟你在一起，又害怕与你一起进进出出。也许是因为负疚感，也许不是。在一起的时候，碰见你的熟人朋友什么的，我恨不得钻进地缝里。人到中年便不再有理直气壮的胸怀？我不知道，好像我年轻的时候，也没有过类似的胸怀。

对不起，扯远了。广源的事情令人难过，我能理解你的心情。如果我在你身边……写下“如果”这两个字时，我突然变得那么沮丧：在你最需要我的时候，在我最需要你的时候，我们只有“如果”，如果我们在一起的话……我害怕，有一天回首往事的时候，我们最多的拥有就是“如果”。

对广源，也许你能做的就是多拿时间陪陪他。他那么年轻，好悲惨。

我现在得做事了，回头再写给你。我想拥抱你，或者在你怀里哭一会儿。

——吴黔

常文来信说他一个要好的哥们儿得了绝症。他的情绪波动很大，我要是现在跟他说我的状况，就太尖锐了。

下午，我一个人又看了一遍《走出非洲》，之后，心里的难过没有减少反而增加了。我现在喜欢重看这些古老的爱情片，看完之后最突出的感受是觉得当年没看懂。这也许可以证明，我第一次爱上了一个人，真正地爱上了，所以我才从这些爱情电影里看到了从前没有看到的东西。

其实，根本不用什么证明，我自己知道得很清楚，我爱常文。

如果我年轻二十岁，这爱情会改变一切吧。现在我很怀疑，这迟来的中年之爱，到底意味着什么？

——方仪

吴黔，别这样，很忸怩，我不喜欢你这样子。当你爱上这个人时，不也知道自己人到中年吗？现在没完没了地分析情感，纠缠在其中，什么作用也发挥不了。

离开具体生活，情感像一根羽毛，没有什么价值，甚至也没有含义。我反正一直是这么认为的。

你不是林黛玉，力量哪里去了？我想，你现在的处境让你为难，所以你回避，因为你担心，怎样决定都是错误的。你我都是没有过生育经验的大龄女人，我能理解，但你回避不了的。我能给你的建议是先考虑一下你跟常文的关系，这关系中你不满意的地方都是什么。换句话说，你希望它怎样发展，然后再设想常文的处境等等。

随时都可以通话，假如你需要的话。

保重。

——吴黔

谢谢你，老方！你说的非常对，你这一说，我也意识到了自己的“忸怩”。我好好整理一下，自己想好之前，先不跟常文说。

但是，我能跟你说，这帮了我大忙，不然我会闷死。

光顾说我自己了，你怎么样？我们现在差不多是“同病相怜”了。

——常文

你为什么要在我怀里哭一会儿？我总觉得你的信有些不对劲儿，没什么事吧？

你病了？还是工作上有什么问题？我担心你。来信说说。

——吴黔

我的信真的是怪怪的？抱歉啊，在你心情这么不好的时候，还给你增加“怪怪的”感觉。过两天再通话吧，也许到那时候，你我的心境都会改善。据说，每个人每个月都有几天低谷期，可能，你我的低谷都撞到一起了。

你去看广源了？希望他能坚持住。

看了你的信之后，我想起今年初夏你们单位走的那个人。对于英年早逝，同龄人的感受一定很复杂，兔死狐悲？但同时，好像也从别人的死中意外获得了生的力量。说出来似乎有点残酷，但却是事实吧。得知你那个同事忽然病逝的消息时，你发短信给我，我们想到一起了：放下手里正在做的事情，出去走走。

你开车接我的时候，我们再次想到一起了：离开城市。之后我们在市郊那个矿区转了几个小时。

我不知道，我们是不是从那个下午开始相爱的。之前，好像我们只是相恋。你要是问我这两者之间有什么区别，我恐怕得说，区别很大。相恋也许是因好感因愉悦而愿意相聚，相爱是因相知因理解而愿意相守。

你说呢？

在那个老矿区，我们无所事事地闲逛着，都不想说什么。偶尔看到有意思的事情才交谈两句。那里保留了属于过去的某种东西。气氛，还有某种状态和生活节奏。这些工人现在生活水平的局限，使得他们的生活跟都市生活拉开了距离，他们的日常生活因为贫困，节奏显得滞缓。也许是因为这个，我们都觉得放松了神经，离开了当下，回到了过去的某个时间。

那天下午，走在你身边，偶尔碰一下你的胳膊，偶尔微风把你的气味吹过来，偶尔拉一下你的手再松开……好像回到了大学时的初恋，尚还羞涩含蓄，更多的感受是隐在心底的。

看到引发感触的事情，互相看一眼便共享了。常文，那个下午到黄昏，是我这一辈子里少有的几个幸福时刻之一。我心里充满感激，在这个世界上，还有另一个人，与我的感觉、心灵甚至呼吸呼应着。

看着你抱着双臂走在我前面，我也赶过去，像你一样抱起双臂，然后用手轻轻碰碰你的手，我看着前面不远处的那个破旧的小凉亭……然后说了一直想说又一直说不出口的那句话：

我爱你。

你的回答，我永远难忘，它那么出乎我的意料，对我来说，至今仍然是一个无法猜破的谜。

你说：别说。我都没说，你别说。

你不爱我吗？我是这么问的吧？你惊讶地看着我，然后那么冲动地抱住我，亲吻。如果说我被感动了，不如说被吓傻了。你从没在大庭广众之下这样冲动过，我一直觉得那不是你的风格。我当时把你的亲吻当成了肯定的回答。请你原谅我，今天，我又想问你，你为什么不能说，你爱我。

也许我疯了，但我真的想知道答案。

——常文

你没疯，应该问我，早就应该问。都是我不好，在你没问之前没有告诉你，原谅我。

我早就可以对你说，我是说在我们刚开始交往的时候，就已经知道，你对我有多么重要。我的问题是，怎么说呢，还是直说吧：我对某些交往过的女人说过这个字眼。跟你在一起的时候，我的感觉不一样，我觉得你是我的唯一，你和她们不同，至少对我来说，很不同。所以，我不想用同样的语言来表达。我以为我能找到比爱更深的字眼，更确切的字眼。当然，你知道的，我很笨，居然没发现：没有任何字眼比爱更深更确切。

我非常爱你，好姑娘，我爱你，永远。

——吴黔

我好感动，你这么说！

你的想法让我有些内疚。我也对别人说过爱，现在我又对你说了。你会不会觉得我因此把你和别的男人等同起来了？千万别这样想，我说不出理由，就是希望你不要这么想。也许，每次感情经历都是真诚的，两人长久与否也许跟缘分有关，跟爱情无关。两人相知深浅，跟运气有关，跟爱情无关。算我瞎说好了，但不管怎样，我知道，这是我最后一次对人说爱。

我爱你。

这句话，我不会再对任何男人说，无论你我之间的缘分有多少。

——**常文**

这个话题就此打住。我们宣布了对彼此的爱情，到我们对彼此说不爱之前，这爱情一直有效。这样可以吗，我亲爱的学者？

——**吴黔**

跟我说说你过去的经历。忽然想知道。也让我看看你小时候的照片好吗？特别想看。

拜托啊。

——**吴黔**

老方，你要我想想跟常文的关系中，我有什么不满意的地方。这两天我经常这么想。后来我发现，在我和他如此相知的基础上，即使有什么不满意的地方，也都是可以交流的，克服的。唯一我无法克服的困难就是面对他的婚姻。

一想到这个，我心里已经没缝了。

我们从来没谈过这个问题，也许彼此都想回避这个话题。我很清楚地知道，我不谈的原因是回避。他有时给过我暗示，比如，如果我们能够在一起生活，肯定会很愉快等等。

假如他是独身，我愿意马上跟他结婚。如果他犹豫，我会使尽招数，费尽气力把他追到手。但是，现在的前提下，我是只能缩着的，无论手脚还是心灵。

告诉我你的想法。来信。

——方仪

你为什么不能面对他的婚姻？如果他离婚你有问题吗？道义上的？良心上的？

——常文

要我坦白年轻时的经历！开始进入尖锐阶段了？你想变成市井妇女啊？盘问？想入非非？

“忽然想知道。”说得多婉转。原来你心眼不少啊。

我不能再绕了，不然该引起更大的怀疑了。

年轻时的感情经历用一句话概括是，晚熟因此有点混乱。

我跟妻子的认识有传奇色彩。我好像跟你说过，我小时候在农村，回城里后，因为父亲早逝，几乎是叔叔把我养大的。我叔是卡车司机，有次肇事，撞了我妻子的父亲。当时，我上大四，跟我叔一起去探望病人，她父亲和我叔有意撮合。她当时大学刚毕业，分在一个市医院当外科大夫。她很漂亮，也很文静。我毕业就结婚了。结婚前，我突然跟一个女同学有了感觉，差点逃婚。结婚后，日子平静，她照顾家照顾我，后来是孩子。

逐渐就开始了我的混乱。

我向你承认，写到这里我有点为自己感到羞耻，不仅仅面对你，就是面对墙，也是一样。我很后悔，可惜这就是我的命运。

我妻子跟我很少吵架，好处是平静，坏处是没什么感情交流，心灵交流。她关心的是日常生活，对于感情，我猜想，也许她觉得只要我们偶尔有性，我钱交给她，感情就是有保障的。

我所有的所谓的“外遇”，她都不知道。我不是能很好掩饰的人，但她好像从未怀疑过什么。也许，我根本不了解她，也许，她觉到了什么，但不言语……总之她没给我找过麻烦。我回家晚渐渐变成事实，她好像也慢慢习惯了，开始还问，后来索性不问了。

这段时间我交往的女人比较“缤纷”（这是你曾经跟我开玩笑时用过的词），各种年龄段的，各种职业的。其中有个离婚的女人，年龄比我大五岁，是个作曲系的老师，让我很心仪。为她，我动过离婚的念头。但那时孩子小，我张不开口。后来她出国了，再后来嫁人了。之后，为一个年龄比我小五岁的有夫之妇，闹出很大的乱子。她丈夫发现了，要离婚，她要求我负责任。我没有办法，好在她丈夫后来原谅了她。除此之外，我跟一个女画家有一段柏拉图……求你饶了我吧，别让我再说了。剩下的就是那些来来往往的露水关系。对不起，我过去不是什么好男人。

我为什么要这样？即使你不问，我也想说说。认识你以后，我才明白过去的我大概是怎么回事。在那些交往中，性肯定是一个方面，但肯定不是我要找的全部，甚至也不是我要找的大部分。也许，我在感情上，在我的内心里，太孤独。心理上，我好像需要更深层次的交流，越找越是找不到，有时以为找到了，之后却是巨大的失望。因此更想重新找，慢慢就进了怪圈，人丢魂儿了似的。所以，那时，我常常喝酒，一喝就多……那些年要是不这样过，我现在的画肯定能多好几倍，也能好很多倍。

有很多男人嘲笑爱情就是寻找另一半的说法，但我信这说法，因为我总觉得自己是不完整的。比较残酷的是，夫妻常常不是彼此的另一半。结婚后，我的不完整的感觉不仅没有减缓反而增强了。认识你之后，我第一次有似乎找到的感觉，跟你在一起，我觉得自己有力量，有安全感，同时，也觉得自己强大了，能很好地保护你。

我用了“似乎”，因为我不敢确定。

这感觉既奇怪又真实，我知道，你能明白我的意思。小时候的照片，电脑里只有一张，先发给你饱眼福，以后我再扫几张进去。

你这么说，我也想看看你小时候的照片，有吗？

写长信好累啊。你总给我写长信，好辛苦。我心里记着了。

想你。

——吴黔

高兴看你的长信。要是永远都看不完就好了。

作为报答，我也会给你写一封无限长的信，但不是今天。今天太晚了，白天上课、开会等等，累坏了，现在我想立刻睡觉。刚才写了上床睡觉，又把“上床”划掉了。这样的字眼会增加我“上床”时的伤感。回来后，最难“将息”的苦涩就是走向床的时刻。没有你，也没有你的温暖。我不是很怕冷，但还是买了一条电褥子，至少温暖的感觉可以给皮肤一点虚假的安慰。

我想念你，挂念你。

顺便问一下，你最后一次动离婚的念头是什么时候？

——常文

五年前。跟别的女人没关系。有天晚上，我闲着没事，去看了一个电影，一个美国电影，名字我忘了，因为进去时已经开演了。电影说的是一个护士，丈夫有外遇，她勇敢地面对，然后放弃了优越的婚姻生活，在另一个城市找了一个新的工作，开始了新的生活。她坐车去机场的路上，看着车窗外的景色就像看着自己的未来……我忽然就被触动了，问自己，是否甘心这辈子就这样了。记得那也是秋天，我被这个念头缠住了，甚至想到很多具体的步骤。我妻子是个挺好的女人，为我为家庭做了一切，也许值得我把这辈子交给她，但我不能骗自己——我不愿意就这样把剩下的二十年交上去。我可以把钱交上去，但不是我的时间，不是我剩余的时间。

你肯定已经想到了，男人没有外遇一般是离不了婚的，而且最新的趋势是有了外遇也不离婚。我折磨自己一段时间以后，渐渐拉松了。更主要的原因是女儿上大学走了。她一点支撑都没有，我开不了口。

行了吗？还有我需要坦白的吗？

——吴黔

行了，现在我坦白。

我怀孕了。

——常文

真的？？？？？？？？？

你想怎么办？？？？？？？

——吴黔

三天后通个电话，这两天我想整理一下自己。

好吗？

——常文

好的。我等你。你多注意身体。

——方仪

我申请了一个交流奖金，如果批准，我可以明年去美国一年。

通话之后，我不那么担心你了。你的想法有点怪，我现在更理解些了，虽然不是很赞成。你不想骗自己，做自己无法承受的事情，至少可以安心些。

但是，吴黔，这种考虑可能带来的情感损伤，我提醒你也考虑进去。他毕竟不是你随时都能遇到的男人，你们那么投缘，你不害怕彼此失去吗？一旦不可逾越的客观现实变成巨人，人不过是它掌心的玩偶而已。这个我不说，你也明白。

这两天做了一个日常计划，锻炼身体，调整情绪，为了放松下来，看了几本小说。刚刚看完歌德的《亲和力》，诸多感慨。虽然这是个悲伤的故事，但今天的读者估计难有当年的感动。时代变了，我们的时代变得更麻木了，所以，必须把故事的悲伤度增加十倍百倍，人们才会动容。我这么说，也没有把自己抛开，我读过之后，非常"动容"感慨。不是因为故事的悲伤，而是书中主人公的那种克制，他的克制应该让现代人感到惭愧。富豪男爵爱上妻子的养女，居然选择出走参战这样的方式克制自己的情感，现在的"男爵"们把类似的事情处理得多轻松啊——除了克制以外，能做什么就做什么，毫无顾忌。也许，我这么说有些夸张，可我真觉得，我们这代人完了。一切都得通过"得到"来认证，最后的结果就是精神畏缩吧。歌德也许早就看到了这一点，他说：

“通过艺术，人类最有把握使世界变得柔和起来，同样是通过艺术，人类最有把握和世界融合一起。”

你看，他没说爱情，说的是艺术。也许通过爱情，我们连两个人都无法聚合到一起。

抱歉，吴黔，别让我的状态影响你，我们就这么瞎聊，你不用多想，否则我就不能畅所欲言地给你写信了。

第二部 冲突

终于有了这样的心境，当人问你，最喜欢的人都是谁时，你没有回答；但对另一个没人提出的问题的答案，你却装在心中好久了。

最不喜欢的人是谁?

自己!

那应该是我跟常文的最后一次通电话，那时，他在心里还拿我当爱人。

“哎。”

“怎么样，去医院查了？”

“去了。”

沉默。

“有点太突然了。”我说。

“你是说怀孕？”

“所有的都算上。现在谈这件事，好像是从天上掉下来的话题。”

“那我们九个月以后谈？”

“挺好，你这种时候还幽默，让我放心不少。”

“都想好了？”

“差不多。但我想先听听你的想法。”

“我也想了。怎样都行，我都愿意，因为你，也因为老天的旨意。”

“你是说，让我决定？”

“如果你让我决定，也行。”

“我让你决定，你决定吧，告诉我该怎么办？”

“要。”

……

“其他的问题都围绕这个主题进行解决，比较简单。”常文补充说。

“简单吗？”

“做起来不简单，但不用胡乱合计，不用犹豫，已经简单不少。”

“对我你真的这么有把握？”

“没什么把握，所以，有了孩子就有了把握。你不能再随便离开我，无论你幸福不幸福，高兴不高兴。因为我是孩子的父亲，每个小孩都需要父亲，也需要母亲。”

“要是你离开我呢？”

“不会的，我不是说了吗，小孩需要父亲。”

“是啊，这一点你至少已经做到一次了。”

“怎么样？”

“我看行，就这么办吧。”

“太好了。我需要几天时间，把具体的事情考虑好。你呢，好好照顾自己。过两三个月，需要的话，就回来，我给你找个地方，把你妈接来照顾你，或者找个保姆。”

“你好像很兴奋。”

“是吗？这种事，哪个男人都会兴奋吧。”

“你真的那么喜欢孩子吗？”

“我更喜欢你。”这话是常文想了想之后说的。

——吴黔

放下电话，我想在你清楚得没有任何犹豫的允诺中多沉浸一会儿，哪怕之后所有的一切都以另外的面貌出现！可惜，我害怕耽搁了时间，怕在我耽搁的时间里你已经做了什么。

我马上就得请求你的原谅，这很悲惨。在这封信里，我得把电话里没说的话写出来，这会让你很失望，很难过，你就是不原谅我，我也能理解。我甚至不希望得到原谅。

我知道自己怀孕已经好多天了，不敢告诉你。我想一个人好好想想。想来想去，最后无法面对的仍然是你的婚姻。我没有勇气面对。即使你的婚姻存在这样那样的问题，但它还是存在了这么多年。一想这时间，我便绝望了。一个男人和一个女人在一个屋顶下共同生活了二十多年，这到底意味着什么？对你这意味着它是你到目前为止生活的一半。对我呢？对我这个几个月前闯进你生活的女人来说，这意味着，我既没有信心更没有决心，去破坏这个存在。

我与你的感情不是没到这个程度，让我认真考虑与你建设一个未来，说剩余的未来更确切。但我一这么想的时候，就不能不去想你的妻子。我能理解，你无法张嘴向她提出离婚的心情，我太能理解了。如果我当年的丈夫有这份心地，也许我们至今还生活在一起。我甚至热爱你的这份善意。

除此之外，坦率地说，我害怕离婚让你妻子的生活发生严重的坍塌。毕竟这么多年，她在精神上心理上是依赖你的，女儿上大学了，你再离开，弄不好，她会垮掉。

这时，你也许会说，我很懦弱，怕承担责任。不管你怎么说，我都得这么说。电话里，我说太突然了，也是这个意思。在讨论怀孕问题前，我得先考虑你的婚姻。

所以，我有两个设想与你商量。其中一个估计你也想到了，打掉。另一个是我一个人把孩子养大，在日本。

我从未有过孩子，我爱你，这两点加起来，差不多要了我的命。怎么决定都很难，我只能认了，谁让我爱上了别人的丈夫。

第二天常文打来电话，一口气说了全部：

“吴黔，你听我说，对错，请你听我说完。我看错你了，所以，我很高兴，我还是别人的丈夫。对我来说，不存在你一个人把孩子养大的问题，在哪儿都不行，无论在日本还是美国。如果你生了孩子，在哪儿我都会把孩子夺过来。所以，你不用做这样的美梦。从现在开始，你自由了。我们之间屁关系也没有了。”

窗前视野中的楼房和树木仿佛在波动，常文挂断电话以后，我仍然把听筒贴在耳朵上，一个牵狗的老头差点被狗带着撞上大树，一个骑车经过的女人担心地回头看看，运送冷食的面包车急速驶过，带走了刚才的画面……

至此，我和常文的通信告一段落。他不再接我的电话，我的日常生活顿时失去了平衡。跟学校请了病假，可待在家里更可怕，怎么都无法入睡。跟老方通了两次电话，猜测了各种可能。老方认为，让常文异常生气的是我强调的一个人养孩子。她认为，这说明常文很爱我。

我也同样爱他。他的缺失，让我在几天时间里迅速消瘦。没有胃口加上糟糕的睡眠，对孕妇是致命的。我求老方给常文打电话，我不知道她在电话中是怎样劝说的，常文终于打来了电话。

听见他的声音，我居然一句话都说不出来，只有眼泪。

“对不起，我犯浑了。”他说完，我哭得更厉害了，随手挂上了电话，然后大哭了一场，直到精疲力竭。

之后，我突然困得不行，一连睡了 16 个小时。第二天醒来，拉开窗帘，便听见了鸟叫，听见了街上人们的笑声，听见汽车的噪音，闻到了邻居家做咖啡的味道，放上巴赫的康塔塔，心情舒展了，胃口大开，早饭差点吃光了冰箱里的储存。

临近中午，我在沙发上躺下，睡意再次光临。朦胧中期望，要是能永远在这样既真实又不真实的世界里生活多好！忘掉生活中的种种冲突，忘掉评判冲突的种种前提，正确错误、良心负心、道德不道德、爱或不爱，该多好啊。像鸳鸯那样游来游去平平和和地过一辈子，为什么人就是做不到啊……再次从深深的熟睡中醒来，低头看看自己的肚子，现实便在我身边苏醒了。

我像鸟一样，从一个遥远美好的爱情中回到眼前的爱情：得给常文写信了。

——吴黔

请你原谅我有些不礼貌地挂了电话。

老实说，那之后，我大哭了一场，之后睡着了。睡了这么久，觉得心力体力都得到了恢复。

也许我还得再次请求你的原谅。在上封信中，我忽略了你的感受，光看自己的感受和处境了。

你一定很难过，所以才会那样对我爆发。能跟我说说吗？我现在好像从一个很深的梦境中醒过来，感觉很迟钝。

——常文

你睡这么一大觉之前告诉我一声就好了，挂了电话，就没消息了，很急人。

别突然那么客气，这样就是还在生我的气。我真的很浑，让你那么难过。你肯定一直没睡好觉，所以才会昏睡不醒。是我应该请求你原谅。

这两天，反省自己，但也没想清楚什么事。冲动说气话的时候，心里充满了委屈。你的好心应该是你正当的理由，但我却很受伤。你想到另一个人有可能崩溃，难道我没想过吗？我想过太多次了。在你为另一个人考虑时，我觉得自己简直就不是一个人，不值得你为我考虑。你想到了我妻子的痛苦，却似乎忘记了我的痛苦。

如果你跟一个人二十多年生活在一起，她关心你的饮食起居，此外最关心的就是一幅画卖多少钱，别乱花钱最好是不花钱。她根本不感兴趣我的创作，甚至从来没问过我，画一幅画难不难。她也不感兴趣我跟什么人在一起，除了女性……总而言之，她是一个现实中离我最近的人，但心灵上离我很远。

这样的生活构成了我生活的二分之一，但我还有兴趣照看我的精神状态和灵魂状态，所以，我才不甘心接下来的二分之一也这么过，假如老天还给我剩下的二分之一的话。也许你会责问我，早干什么去了？没错，男人有时比女人更软弱，他需要外力。

也许，我换个角度去设想，保持现状也不难。一辈子说过来就过来了，有时，它不是从一岁开始到八十八岁结束，而是从四十岁开始，有的到四十五岁就结束了，广源不是例子吗？古人说四十知天命，一点没错，我就是那时候真正想通过离婚改变自己的生活。从想法到行动，又是几年。从行动到放弃行动，我已经完完全全地步入中年。所谓的一辈子，其实很短暂。

广源坚持不住院，不用药，也不去上班了。每天做他喜欢的事情，拍照片，听音乐，好像也开始写东西。昨天去看他，离开后，我一个人在车里流泪了，为光源也为自己。人生是不能重来的，所以，我像抓救命稻草一样抓住你，看看能不能在剩余的时间里重建一个生活，哪怕是短暂的生活都行。真的有点不甘心就这样把一辈子放过去。

关于小孩，你最新的想法如何？来信说说。

——吴黔

老方，我想借着给你写信，把想法整理一下。这些年，虽然都是一个人面对好多事情，但都是不涉及情感的。一旦动了感情，我便不再那么信任自己的理性和判断力。有时觉得想清楚了，第二天又都推翻了……

终于有了一次真正意义上的爱情。一方面让我高兴得要命，离婚后枯燥灰暗的生活像漫长的阴天里透进了阳光；另一方面，我害怕把这爱情弄坏了，害怕自己再被抛回到过去的生活。在这样的状态下，一想到肚子里的小生命，更是乱上加乱：时间越来越紧迫，我必须作出决定。

昨天，我想抛开我和常文，从孩子的角度出发去考虑。结果是我发现，在我和常文的未来前景都太不明晰时，让一个孩子一出生就面对这些，总觉得对孩子不公平。这么想的时候，我的思路渐渐清楚了。

此外，一个最最最重要的问题是，我怎样都无法面对他的家庭。这感觉那么强烈，根本不是由理智产生的。我想，跟道德也没关系，也不能说都是良心的。准确地说，它更像是一种生理上的反应。一想到他离婚，我就烦躁得不得了，完全不能想象我和他在那样的基础上重建一个新的生活。

我还有种奇怪的直感，如果他提出离婚，他妻子会走极端。

如果在这样的时刻里，我问自己是不是真的爱常文，我无法回答。如果我的回答是肯定的，像谎话；如果我做出否定的回答，也不是事实……一种悖论：作为一个男人，我爱常文；作为别人的丈夫，我害怕爱他。

但他是两者。

我恨自己，不能简单地面对。我居然不知道，为什么我不能简单地面对这一切，像很多女人已经做的那样。

因为我无法面对这个前提，接下来的考虑就是“顺理成章”了。

要是我还可以为自己着想，对我来说，最好的可能是我躲开，一个人把孩子养大，当把单身母亲。我可以把常文和我的爱情转到孩子的成长上，留住本来留不住的一切。

可惜，这样会把常文伤到底，我不能这么做。

这里做流产手术太复杂，我不了解情况，所以，想请假回国，回老家去做手术。跟常文说去美国开会之类的。

老方，如果你骂我，我心里会好过一点。我也不知道为什么，很惭愧，忽然觉得自己不配去爱，更不值得一个人爱。

——方仪

别这么说，吴黔，你至少是诚实的。

看了你的信，我也有点傻。说心里话，没想到你会这么考虑，尽管我想到了你会这么决定。但是，你所考虑的或者说忧虑的，比打掉孩子，更影响你和常文之间的感情。他是一个很敏感的男人，不会不察觉你内心的动态。

明天通话再细说吧。看了你的信，最先出现在脑海里的想法是，你太理智了。也许这就是你的命运。

——吴黔

亲爱的常文，让我这样称呼你一下，就一下也好，莫名其妙的是，忽然想这么叫你，想抓住你摇撼几下。

怀孕像镜子一样，让我发现自己有一些过去没意识到的方面。我是一个充满顾虑的女人，优柔寡断，是不是啊？我既不勇敢也不彻底……不说了吧。既然我是这样的女人，估计你也想到了我可能作出的决定。我想，还是不要孩子了，以后也许我们还有机会，你说呢？

不想多写了，我觉得很对不起你。

——常文

吴黔，希望你没事，也希望你别那么难过。

你是个顾虑较多的女人。这可能是一开始，我被你吸引的原因之一。我觉得你善解人意，不那么自私、咄咄逼人。我过去碰到的女人没一个像你这样的，一旦感情发展到一定程度，她们就会给我压力，让我面对。我不知道，最后我是不是因为不喜欢压力才离开她们的。

我肯定也不是一个正常的男人。

所以，即使你是顾虑重重的女人，也不用有太多负担，也许就是因为这个老天才让我碰到你，让我的缺陷和你的缺陷加到一起，增加难度，考验我们。

关于孩子，我说了，因为还不认识他（她），所以，我说过，更喜欢你。这是实话。你怎么考虑，我都没有意见。具体你希望怎么做？让我来安排一切，你告诉我就行了。

——吴黔

我这两天要去美国开个会，回来后再具体商量这件事，如何？我觉得时间还来得及。

——常文

美国待多久？能保持联系吗？必须去吗？以你现在的身体状况，长途飞行行吗？

要开年会了，几乎每天都是事务性的安排。好久没动画笔了。有时，开会时出现幻觉，好像画画是很多年前的事情，变得无限遥远。

加上你的状况，我心里很烦，常常失眠。

多保重。

——广源

你好，吴黔。

我是常文的朋友，所以常听他说起你。虽然你我没见过面，倒也不是很陌生。你肯定也听常文说了我的情况，好在肺癌到最后才出现症状，现在除了面对精神上的压力外，身体还没什么反应。

尽管这样，给你写信仍有唐突之感。前两天常文来，他打开邮箱让我看一个共同朋友的画，我悄悄记下了你的信箱。如果我不是处在这样的境况下，肯定不会给你写信。人到了生命的尽头，常有些特别的理解，考虑再三，决定给你写信，如果过于冒昧，请谅。

他给你打电话，说了很多气话的那天晚上，是在我家过夜的。我让老婆回娘家了，我们喝了很多酒。常文大哭，大吐，之后，他坐在沙发上发呆，喝了那么多酒居然没有睡意。他的样子像一个丧家的小男孩，我试着劝他时，他又哭了。也许，他忽然意识到，我也即将离开，所以更觉得孤零。

我和常文认识二十多年了，平时很投缘，加上兴趣爱好很接近，所以常在一起混。他和我的婚姻状况差不多，所以，这方面我们跟别的男人不同，彼此交流很多。

现在我回头想，我们接触很频繁，可能跟各自的婚姻有关——在家里找不到回应。奇怪的是他老婆和我老婆虽然认识，但却没有来往，好像她们不是很能容忍对方。

所以，常文的感情经历我很清楚。从第一层面上看，好像他找女人方面很活跃。但进入更深的心理层面，我觉得他挺可怜的。他一直没找到合适的，所以不停地找。跟他比，不知道我算不算幸运。好多年以来，我有个女朋友，叫小玉，后来分开，因为缘分不够吧。简单说，这期间有过希望也有过失望，最后是绝望。但我挺满足，好像她一直是我要找的那个女人，哪怕她让我无比失望的时候也是一样。在这一点上，常文碰到你之前，我一直觉得他没认可那些女人，尽管他有时心动得不行，甚至想到了离婚。

常文似乎不是一个很强的男人，加上敏感。但我了解他，如果他遇到了合适的状态，比如一个能唤起他坚强的女人——我想，你就是那个女人——他会表现出他的另一面性格：坚韧、坚持，甚至有可能变成一个非常强的男人。我觉得他属于那种对自己的另一半非常依赖的男人，找到或者没找到这所谓的另一半，对很多男人来说，不起什么根本性的作用，但对常文这样的男人来说，找到与否，其生活面貌会很不同。

此外，他妻子和他家庭带给他的责任和压力混合在一起，多年来一直主宰着他，加上创作上的压力，他把重心在这么短时间里倾斜到你那里，并不难解释。他喝多的那天晚上，很伤心。他说：你担心他妻子垮掉，担心她无法承受离婚的打击，但不担心他也会垮掉。他说："我既有事业又有职务，居然还有外遇，怎么可能垮掉呢？！"

吴黔，我相信常文这话不是自怨自怜。这是他，也许是很多中年男人的真实状态：一切都是超负荷的，难得喘息。他们的所谓休闲甚至都很负面，幽会、聚会、喝酒等等，既不简单也不轻松。如果说，常文妻子的坍塌还有个离婚的前提，那么常文自己说的垮掉便是随时可能的，甚至是没有前提的。

二十年来，我们的活法是玩命的。考上大学以为赶上了末班车，算是没有被淘汰，然后跟着社会的发展变化摇荡。回头看看这二十年，一次又一次的变化，每次变化中不是被打击得体无完肤，就是被换脑筋，再不就是使出全身解数，随上去，最后，观念变了，信仰没了，到最后，健康也没了。

胡乱说了这么多，主题只有一个，希望你能理解常文，希望你们有个未来。很遗憾，没见过你。下次你来这里时，如果我还在人世，一定见个面。

再叙。

祝好。

还记得，看完广源的信，整个人像是缺氧，变得很恍惚，身体轻飘飘的。我穿上最暖和的大衣，离开家，把自己抛给街道和人群。走进人群这种恍惚变得更为强烈，但却不再令人窒息，更像沉醉，估计吸毒不过如此。幻觉中有另一个世界，在另一个世界里，仿佛有另一个人专门负责解决你的问题，于是，眼前一切的压迫感减轻了……

这样在大街上，在人群中逛荡时，从身边走过去的每个人渐渐地都变得和自己处境一样，这很荒谬却也有效，走着走着，肚子饿了。人一旦有睡意，有饥饿感，就有救了。我吃了一个土耳其肉饼，带着满嘴洋葱味，走到那条街的尽头。在一家旅行社里，先向工作人员为自己的满嘴洋葱味道歉，然后订了一张两天后的回国机票。

“出差？”接待我的女人与我年龄仿佛，很亲切。

“生孩子。”我好像连想都没想，脱口而出。

“你刚才吃过的东西和即将要做的事情，都让我羡慕。祝你一切顺利。”那女人把机票递给我时，真诚地说。

我重新走进人群时，刚才虚假的轻松消失了。要是我告诉那个女人，我不是去生孩子，而是去杀死孩子，她会怎么想呢?

于是活着，变得比刚才更艰辛了。

——吴黔

老方，我已经到家了。住我妹妹家。常文让我“从美国回来”跟他联系，由他来安排手术等等一切。不知为什么，那是我万万不想的。

妹妹和妹夫是两个“金领”，他们自己不想要孩子，但极力劝我留住这个孩子。他们很固执地认为，我要是保住孩子，也能保住爱情。我听了感觉怪怪的，好像我保不住孩子，爱情便也没了。

他们属于很实际的那类人，听他们这么说，我做流产手术的决心更坚定了，似乎没逻辑，但这就是我眼前的心情。

祝我好运吧。

——常文

几天没你的消息，很不习惯。你一切都好吧?

我整个人都陷在事务性工作中，可惜，这些工作中相当大的一部分都没什么意义和作用，所谓例行公事。

你一点消息都不给我，既没电话也不写信，美国的通讯如此不发达，我还从没想过。我想的是，你是不是因为什么事生气了?女人永远比男人敏感，据说，她们可以在男人那里找到成千上万条生气的理由。

要是我有什么地方得罪你了，别多想，别跟我生气，直接告诉我，别用不理我的方式罚我，行吗?

我想你，惦记你，还有你肚子里的我们的“共有”。

给我写信。

——吴黔

这几天没理你的原因是想做个试验，看看我多长时间没消息，你才会着急，才会给我打电话，才会给警察打电话。我原来以为，三天之内就会给我打电话，第四天会给日本警察打电话，第五天会给美国警察打电话……都没有消息，你会马上给国际警察打电话!这样我才能知道，我对你有多重要。

前面我期望的这些都没发生，我就把这个试验的初衷改了，变成幽默试验。你不给我写信的时候，心里也一定在想着我，对不对？一定是对的。而我想你的时候，总是给你写信，这样就做不到心有灵犀一点通。所以，我放弃给你写信，为了跟你建立真正意义上的“心有灵犀一点通”，明白了？！

我很好，不用惦记。你那么忙，可以把给我写信的时间拿去休息放松一下。

——常文

有些后悔，对你那么认真。我原以为我找到了一个真正的伴侣，一个聪明成熟的女人。原来这些都是你的假象，真正的你是个长不大的小女孩。我要是跟你一起生活，估计不会有娶老婆的感觉，可能会有生了个女儿的错觉，估计会很烦。

要不，我现在撤？

手术的前一天晚上，本想好好休息一下，躺在床上之后却思绪纷飞。由眼前想到未来，由自己想到常文，一想到肚子里的小生命时，必须转念头，不然会把自己当成凶手。心里是否存着看不见的怨气，并不确定，但一阵阵发冷……想象中所有能构成安慰的事情都被自己排除了，之后心情很决绝，坚持一个人去医院做流产手术，坚持到一种让我妹妹害怕的程度。

“我必须一个人，没有理由，就是必须这样。”我对妹妹这么说的时候，她瞪着眼睛看我，好像说话的人不是我，而是我心中的魔鬼。但她很快就理解了，我们虽是同父异母的姐妹，但相知较深。送我到医院门口时，她抓着我的肩膀，对我说：

“现在我能理解了，要是我，也会这么干吧。完了给我电话，我来接你。”

我一个人慢慢走向妇科门诊时，思绪还停留在妹妹身上。即使我们完全没有血缘关系，我们之间的理解也会把我们变成亲姐妹。老方因此也和我变成了姐妹。步入中年之际，有这样的姐妹朋友，有工作，有收入，便可以很好地迎接晚年了吧?

流产手术室门口的情形，毫不留情地打乱了我迎接晚年的心绪。周围等候的女人们，平均比我小十到十五岁。有男人陪着来的，表情都很丰富，抱怨、担忧、害怕、撒娇等等。那些跟我一样独自而来的，都毫无表情地安静地坐在塑料椅子上，等着被叫进去，很有点临刑前的悲壮。

一个二十岁出头的姑娘坐在我旁边，不停地朝门口张望。那个我在交款时见过的小伙子走过来时，姑娘抱怨他耽搁得太久。

“都想好了？”小伙子蹲在姑娘的脚下，两手扶着姑娘的大腿，关切地问。

“不然又能怎么样？”姑娘没好气地说。

“听你的，如果你说不做了，我们立刻就走。”

“然后呢？”姑娘有些轻蔑地看着小伙子。

“然后就然后呗！我听你的。”

“你要是真听我的就好了。”姑娘有些感伤地说。

“我不是一直听你的吗？我什么时候不听你的了？”小伙子说。

这时，一个护士叫到姑娘的名字，姑娘和小伙子一同站起来。小伙子搂搂姑娘的肩膀，姑娘进去了。看见手术室的门在姑娘身后关上，小伙子像一个装满重物的麻袋一样，瘫坐在我旁边。

“终于可以喘口气了？”我轻声对小伙子说。小伙子抬头看我，吓了一跳。刚才在交款处，他一直站我旁边的队，一边排队一边打电话，我无意中“旁听”了他的通话。

“大姐，不好意思，我刚才……”

“不用跟我解释，我什么……”

“大姐，你就是都听到了也没关系。哎，你年龄大有经验，跟我说说，怎么才能离开女朋友？”

“说再见，就离开了。”

“我是说没有麻烦的。”小伙子说着凑近我，低声说，“我不能跟她要孩子，因为我想离开她。我也试过，可她总拿自杀威胁我。其实，她不可能自杀，这我也知道，但她怀孕了就不一样了。她要是拿这件事威胁我，那我死定了。我爸肯定逼着我跟她结婚。所以，我得顺着她。你不知道，我女朋友逆反到什么程度，我说白她肯定说黑，所以，我要是说不要这孩子，她百分之一万得要。我这是给她运用心理战术。”

“小伙子，我四十多岁了，你真让我开眼界。”

“阿姨，你在这儿等人啊？”刚才还管我叫大姐的小伙子，突然管我叫阿姨，让我顿时觉得世道凶险。我没有勇气说出事实，嗯啊两声，担心护士在小伙子离开前叫到我。当然，越担心的事情越发生。

小伙子见我站起来，嘴型拢成了一个“○”，我知道他想说什么，很高兴他只做了一个口型。他走近我，悄声说：

“阿姨，够意思，别告诉我女朋友。祝你手术顺利。”

手术室有三张床，中间有拉帘。我更衣后躺在护士指定的床上等着麻醉时，拉帘还没有拉上。我发现右边躺着的是刚才那小伙子的女朋友。她正看着天棚，呼吸有些急促，也许是紧张的缘故。我左边的女人头扭向另一边，漂亮的卷发像瀑布一样摊在白床单上。我只好也看棚顶，尽管那里什么都没有。

护士、大夫陆续进来，各尽其职地忙乎着。尽管如此，周围的气氛仍有些死寂，还有些荒凉，好像这里躺着的女人都是被遗弃的。可是，事实上，真正被遗弃的是那些生命的萌芽。流产手术室似乎也没有一般手术室的庄严，好像这里的大夫和护士都是技术不过硬的，又好像这里不涉及生命危险。所以没有医院应该有的严肃气氛，护士们一边忙一边聊天……我完全被莫名的冰冷包围了，渐渐地浑身开始发抖。帮我做准备的护士发现我在发抖，摸摸我额头，确定没发烧后便继续忙活。一直到她给我打麻药之前，我居然一次也没想起常文。

常文跟随麻药的效果一起，慢慢出现在脑海里，他没有表情，就像我现在没有任何感觉一样。我看着他，好像他是我很久以前认识的一个人，既不陌生也不熟悉，既不亲切也不反感，好像在我们中间突然隔上了无限的距离和时间……好像记忆也蒙上了灰尘。

……认识常文这么久，这是第一次，他好像站在我心的外面……麻药仿佛消灭了我与常文之间情感的真实性，所有存在过的细节都变得抽象了。

护士拉上了我和两边床铺间的隔帘。我再次闭上眼睛，心里的难过一下子淹了过来，脑子也随之变成空白，腰椎之下逐渐变得完全麻木。在这一刻，眼泪猛地冲出眼眶，好像正眼看着那个小小的胚胎慢慢地离去……随即，刚才的难过被绝望取代。这绝望超越了事情所有具体的层面，超越了恩怨，超越了理性，超越了我，脑子里唯一的仅存的念头是：想跟这个正在消失的生命一同消失，消失！

"天哪，你疯了？"右边隔帘后面传来护士的惊呼声时，我什么都看不见，心里却很清楚发生了什么事情。刚才帘子没有拉上的时候，我也没看见小伙子女朋友的表情，但她的感受却传达过来了：她未必不知道自己男朋友心里怎么想的。她的哭声终于爆发出来时，我突然对眼前的世界无比失望，超出了对自己的失望。

"躺在我隔壁的姑娘，趁大夫不注意，拿刀割开了自己的手腕。”我在车里告诉妹妹，她一句话都没说，只是看看我。一路上我们几乎没说什么，除了她问我两次，疼不疼。

我从车窗往外看，喧嚣的车流和人群一如既往。随着麻药的减退，疼痛变得难以忍受。但我没有可以比较的经验，不知道这是不是世界上最严重的疼痛之一。躺到床上时，妹妹又问我疼不疼，要不要止疼的东西。

我看着她，泪水涌了出来，真的很疼。可让我流泪的也许是另外的伤口引发的疼痛，在周身上下无处不在地游走着。

“你脸色惨白。”妹妹给我擦汗。

“我冷，给我加个被子。”

“我去找朋友，给你打针杜冷丁，把这个时间睡过去就好了，你别多想。这个劲儿过去，你情绪就会好起来的。”妹妹劝我，想了想又说，“我有经验。”

“不用了。我能挺住，给我两片安眠药，我想睡。”

——吴黔

老方，我终于从一个无比漫长的沉睡中醒来。妹妹说，再不把我叫醒，我就会在梦中饿死。我隔着窗户看院子里新种下的松树，多少有些重生的感觉。

曾经有个朋友，一生气或者遇到什么困难，喜欢用睡觉解决。我问他醒了之后的感觉如何。他说：Eeasier。当时，我嘲笑过他，现在觉得他说得有道理。

……好像什么事都变轻了，缺乏实感，尤其是回忆，像曝光过度的底片，白茫茫的，跟失忆似的。

我没想到，一次流产改变了这么多。如果我不考虑常文的感受，现在就能提出分手，这样就一了百了了，所有的困难和所有的往日的热情一起被埋葬，似乎也公平。

——方仪

埋葬了这一切，对谁公平？对你还是对常文，还是对他妻子？

我想，如果不是对你们每个人都公平，就不如还留在不公平的阶段。我能理解你的绝望，虽然我没有过这样的经历。我想，这小小的已经流失的生命讯号，是你和常文在生活中唯一共有的部分，它的消失击中了你内心最柔软的部分。

你慢慢就会恢复，你们还有其他的机会，共同去建设。

别绝望，试试控制那种负面的感觉，如果它们不能主宰你，你就能变过来。我这么说不是空话，这是我这段时间里的一个微小变化。我好像能看见自己一小步一小步地往外走，尽管还不知道外面到底能是什么样子。也许就是老样子，但我高兴往外走，至少我现在一想起那个各方面都那么优越的女人，心里不再那么波澜起伏了。我对沃尔夫冈也不再有任何期待，即使有一天他被那个女人甩了，我也不会再接着他。这跟良心没关系，是我不想辜负生活给我的这次重生的机会。

用“重生”这样的字眼，好像很夸张，但也准确。重新来，即使仍然没有希望，我还相信，重来比不重来，好很多，也许可以让自己更有尊严。

祝你早日恢复！保重！

我用了几天时间恢复身体，每天看碟片、杂志，跟保姆聊家常。妹妹妹夫晚上一般很晚才回来，经常是他们回来时，我已经睡了。身体在恢复中需要大量的睡眠，我早睡晚起，常常醒来时，保姆已经在做中午饭。

保姆是个年轻的四川女人，每天上午过来，妹妹因为我临时安排的。不然她一周过来一次，只管收拾卫生。保姆说，我妹妹和妹夫基本不开火做饭。我劝她别那么努力挣钱，不然就不做饭吃了。人不自己做饭吃，是错的。保姆笑着告诉我不用替她担心，她就是累死，也挣不了那么多钱。她自己知道这个，对现在挣到的钱，挺满意。

我很羡慕她，现在心满意足的人很少。

“我钱挣不多，但老公和孩子都好，这就行了。我老公也在城里打工，两个孩子，一男一女跟爷爷奶奶在乡下。等我们挣够盖房子的钱，就回去过日子了。”

“你老公对你好吗？”

“他不对我好，还能对谁好？我是他老婆！”

“孩子也听话吧？”我被她的前句话哽住了喉咙，必须问点别的，掩饰一下。

“听话。穷人家孩子没那么多怪脾气。”

保姆的话，弄得我心里很乱。那天晚上，我跟妹妹说了我的感受。妹妹拿出一个唱片盒子，一边放唱片，一边对我说：

“我明白你的感觉，但我们已经这么生活了，没有退路。即使前面也没有出路，仍然没有退路。”

音乐很突然地开始了，但却像是从很远的地方传过来的，中间穿越了许多时间，很陌生的感觉，尽管那旋律是曾经熟悉的。

——吴黔

很多年，我一直喜欢听巴赫的平均律，听过不同演奏家的。昨天第一次听了唱片，是Wanda Landowska五十年代在纽约录制的古钢琴。常文，这时，我本能地想到了你，当然，也流泪了。之前的几天里，我较少想到你，也许是记忆遮蔽。

乐器和播放方式的变化，传达出来的平均律对我几乎是陌生的，甚至让我产生错觉，它的旋律也变了。现代音响的光滑、现代钢琴的圆润和厚重都被置换之后，人们也许更愿意相信Wanda演奏的平均律，更贴近巴赫和巴赫的时代。我甚至能听见琴键起落的声音，像你坐到老沙发时屁股感觉弹簧一样。

高科技带给我们太多的好处，但同时也消灭了过去生活中的太多好处。我们离开土地，开始在水泥中生活，夫妻关系渐渐变成社会关系，厨房被饭店取代……也许，我们该认真核算一下，我们为此付出的代价。

我现在解释其他的事情，如果你生气，请原谅。

我没有去美国。现在在我妹妹家，已经做了手术，这几天恢复了很多。我备觉歉意的是，如果你问我，为什么不告诉你，我回答不出来。就像我逼着妹妹让我一个人去医院一样。真的不知道为什么，就想一个人。

身体恢复得很好，有个保姆每天来做饭，不用担心。

我想回日本之前，路过一下，行吗？

——常文

有什么不行的，来吧。

我很想去接你，如果你肯告诉我航班或车次。

——吴黔

明白了。

离开妹妹家的那天晚上，我们三个人在家吃火锅，边吃边聊。第一个感慨是妹夫发出的，他对妹妹说：

“老婆，以后，我们在家吃饭怎么样？”

“好啊。”妹妹说。

“我做。”妹夫说。

“谁回来早谁做，都早回来一起做？”妹妹对她丈夫说。妹妹这句我听起来很平常的体贴话，弄得妹夫很激动，眼泪差点下来，我多少有些不解。

“大姐明天就走了，我不想再瞒着。”妹夫看看我，又看看妹妹，妹妹不置可否的表情，似乎不反对妹夫摊牌，他便接着说，“其实，这些天我们回来晚，有时是工作应酬，有时是我们在宾馆吵架。”

饭桌上已经关火的火锅，一层油腻漂在汤上。我用筷子捅破了油层，露出火锅的褐色汤底。

“我做了一件蠢事，详情大姐你别问了。我从来没想过要离开阿芒，我发誓，从来没这么想过。如果我没理解错，”妹夫转向妹妹，“阿芒，你是让我回来了，是吗？”

“你不是已经回来了吗？”妹妹故意制造一点轻松的气氛。

“真正地回来，让我继续做你丈夫。”妹夫说完期待地看着妹妹，妹妹点点头，之后补充说，“做饭劳教自己。”

妹妹突然哭了。她头伏在饭桌上大哭起来。我想过去安慰她，被妹夫拦住了，他眼里含着泪光，轻声对我说：

“大姐，让她哭吧。这是她第一次哭。她要是再不哭，我就疯了。”说着，妹夫也流泪了。

我坐在妹妹旁边的椅子上，看着妹妹因为哭泣耸动的肩膀，泪水也静静地流了下来……为妹妹，为妹夫，为自己，为常文，为老方，也为沃尔夫冈……泪水只为“为了”而流，不为“为什么”。为什么，忽然变得那么不重要。

妹夫从浴室里取来了热毛巾，走近妹妹，轻轻扶起她，然后用热毛巾为她擦脸。妹妹抓住毛巾按在脸上，倒在丈夫怀里，继续哭……渐渐地，她哭声中的悲伤没有了；渐渐地，我从她的哭声中听到了令人安慰的疲惫；渐渐地，我从她的哭声中听到了某种属于未来的幸福。妹妹终于不哭了，她好像把心里郁积的一切都哭出来了。她用毛巾捂着嘴，头靠在丈夫的肩膀上，像一幅画一样。

“姐，一二三，大家停止哭泣，不然我们家该发大水了。”妹妹疲惫地说。

“婚姻自有婚姻的动人之处。”我情不自禁地说。

“姐，这话你可千万别出去跟别人说，人家肯定当疯话听。”妹妹坐到我旁边，搂着我的肩膀，“不过，我相信你说的是心里话。姐，既然你这么看待婚姻，结婚吧。”

“就是，大姐，结婚吧。要是有个姐夫，我们四个人肯定玩得痛快。”

这天晚上，妹妹和我一起睡的。我们躺在两张并列的单人床上，好像在宾馆的房间里。我问妹妹为什么把客房设计成这样，她说这样容易改成儿童房间。接着，她慢悠悠地说，她不是一开始就不想要孩子，逐渐才变成这样的，到底怎样变成这个样子的，她也说不清楚。我问她，是不是跟他们感情生活的“挫折”有关系。她觉得没关系，之前他们已经有这样的共识。妹妹显然不愿意多谈自己，她看我半天，之后问我：

“我等到现在，手术完了，你也恢复了，明天要走了，该跟我说说那个人了吧？”

“我不是跟你说了吗？”

“太笼统了。”

“你想知道他是怎么跟我做爱的？”我开玩笑说。

“当然，你要是肯说，我肯定听。”妹妹说，“你心里有把握吗？”

“你指，我对这个人？我对他的年龄有把握。男人到了一脚中年一脚老年的年龄，估计不会太折腾了。”

“有道理，但他这么多年习惯了婚姻。尽管他对自己的婚姻非常不满，但每天还是在享受婚姻带来的便利。你明白我的意思。”妹妹说。

“我明白，非常明白。”

“不过，你也不是很自我的人，能很好地照顾别人，何况是你爱的人。可我还是想提醒你，中年人的结合比年轻人的结合更困难。一开始的共同生活，我估计不是欣喜若狂，反而……”

“你跟妹夫呢？”

“我们是结婚后才开始恋爱的。”

“可你结婚前跟他见我们的时候，看上去相亲相爱的，不至于把我们都当傻瓜涮了一把吧？”

“姐，你真是有点傻。那时候我多年轻啊，哪儿懂那么多啊！觉得他性格还有各方面条件都跟我很合适，加上我也挺喜欢他，以为爱情就是这样的。”

“然后呢？你知道爱情不是这样了？”

“结婚后，我们的状态跟别人谈恋爱差不多。你知道那时候还没买这个房子，他有一个两室，我有一个单室，我们偶尔见面，平时打电话，各忙各的，加上出差等等，在一起的时间不是很多……渐渐地，我觉得爱上他了，跟过去的感觉不一样了。”

“那时候，你很少跟我谈他。一问你，你也是一含糊就过去了。”

“我不是那种女人，你知道的，整天谈自己的丈夫和男朋友，多烦啊！”

“现在好好说说，也许可以给我指导指导，感觉怎么不一样了？”

“比如说，拥抱的是相同的身体，但感觉不一样了。抚摸的是相同的皮肤，心里想的不一样了。过去，我跟他在床上，脑子里几乎是空的。后来，伴随我的各种念头，都是我从未有过的，有些发疯的感觉，想更亲近他，恨不得钻进他的身体里；想为他做更多，想伺候他，想给他做早饭，想给他洗衣服，想看他享受这一切时的表情等等。”

“后来，是这个房子，是真正的婚姻生活。”我若有所思地说，更像是说给自己。

“没错，然后开始无聊，然后是出轨。”

“你们没在一起的时候，你保证他没出过轨？”

听了我的话，妹妹摇头，沉默了一会儿，她说：

“我从没问。我把这当成我送给他的礼物。”

“为了什么？”

“为了他带给我的愉快。”

“你这么说，你们的未来也有把握了。连接夫妻的不就是愉快吗？！”

“没错，夫妻也像小孩，记吃不记打，记住的都是愉快的。不然，分开很容易。”

“也许在这个意义上，我和常文很合适。但是……”

“但是什么？”

“我面对不了他的婚姻。”

“我早就想到了。姐，流产后，我觉得你在心里开始准备了。”

“准备什么？”

“准备跟常文分手。”

妹妹的话惊呆了我，没有任何反驳的力量，害怕她说的是对的。

——吴黔

老方，我在信里告诉了常文，想路过去看他，问他行不。他说，没什么不行的。如果我肯告诉他航班或车次，他很愿意接我。这就是我们的“状态”，我不知道该怎样面对，甚至不知道如何面对自己心里刚刚生长的陌生感。

车到山前必有路。

你怎么样？这段时间，光听我唠叨了，说说你，我很惦记。

——吴黔

老方，没想到我在火车上还给你写信，也许，我真正爱上的人是你，不是常文。我要是同性恋就好了。

我临时决定路过H市，看看大学时的好朋友孔芳。大学时，我们很亲密。毕业后，来往少了，特别是我出国后，来往更少，但见面仍然像亲姐妹一样。

孔芳现在是市教育局的副局长，她丈夫老杨是别人给介绍的。我在他们家住了一晚。他们家的那种安宁放松的气氛，简直就是疗养院。我吃得多，睡得好。晚上看新闻联播，早上去市场买菜买早点，按时锁门上班……也许这正是我缺少的，我觉得这样的日常生活既安逸又舒适，让人满足。

孔芳说起她丈夫老杨，说他前几年得那场大病时，她才发现没有老杨的话，她的生活肯定坍塌。孔芳有些任性外向，但心地善良情深意切。她自豪地说，如果老杨不提前病退的话，她肯定试试爬到局长的位置，现在她唯一想试的就是找个理由提前退休，回家陪老杨。她毫不掩饰地说，老杨对她第一重要，孩子第二。

孔芳问起我的婚事，我没敢说起常文，无法张口对孔芳说，我爱上了别人的丈夫。她也是妻子，而且是个好妻子。她认为我走的地方太多，念的书太多，过不了她这样的平常生活。老方，听她这么说，我倒是怀疑自己从一开始就走上了一条生活道路，它要么是错误的，要么不属于我。我只能在随风飘零的状态下，一边寻找一点罗曼蒂克，一边麻醉自己。孔芳似乎看透了我，她说，你要是老了还找不到伴儿，跟我和老杨一起过。

快到站了，太好了，不然又得难过半天。别嫌我啰嗦吧。

保重。

列车在充满阳光的午后，减速驶进站台，像一个疲惫的旅人。车上和站台上的广播混到一起，制造了令人愉快的噪音，似乎准确地描绘了躁动中旅客的心情。相见前情人们的急切和激动，书和电影里屡屡出现过的画面，再次出现在眼前。我仍坐在自己的座位上，心情跟所想到的对不上号，尽管我知道常文在外面等我。我把行李抱在怀里，恨不得跟着火车继续向前。

随着人流接近出站口时，拿出车票攥在手上，一步一步走出去，不想用目光寻找常文，又怕常文看见误会……抬头朝站前广场扫两眼，目光不敢在任何地方停留。广场上挤满了人，我朝边上人少的地方走去，靠近一辆面包车站住。我开始非常掩饰地寻找常文，很快发现他站在离我不远的地方正看着我。我扭头看看别处，再回头时，他已经走近，顺手拎起我放在地上的旅行袋，看我一眼，没说什么，便朝停车的地方走去。我再次扭头看别处，然后拉开距离跟着他，我仍然担心别人看见我们。直到他发动车子，一手搭在方向盘上，才扭头对我说话：

“都顺利吗？”

我点头。然后他开车送我到宾馆，把我的提包再次放到房间的柜子上时，他才说我们见面后的第二句话：

“单位还在开会，我得先回去。晚上你一个人吃饭吧，我可能得晚点过来。好好休息一下吧。”常文说完走了。

我一个人呆呆站在原地，时间好像凝住了。

常文回来之前的五个小时里，我心里只有一个念头来回冲撞：离开，悄悄地离开，写个字条之后离开……我拎起提包走出房间，来到大堂，想把钥匙留到前台时，另一个想法进入脑海：即使离开，也该把话说清楚，之后再离开也不迟吧。

流泪，沐浴，看电视，昏睡……就这样等着常文。这其间居然一次也没想过，为什么要离开他，脑子里的唯一不变的念头就是离开他。常文再次走进宾馆房间时，我睡着了。醒来时，看见他坐在床对面的沙发上。我连忙坐起来，拢拢头发。

“抱歉来晚了。”他看着我说。我扭头看表，十点多了。

“你吃东西了？”他问我，态度像一个远房亲戚。我摇头。他要带我出去吃，我再次摇头。他拿起电话，叫了一碗汤面。

等面条的时候，我们沉默着。我无法开口，尽管我有话要说，但又觉得首先开口的应该是他，至于为什么，脑子不予考虑。

“都准备好了？”常文很负责任地首先开口。

我看着他，把滑到嘴边的话咽了回去。

“准备好了，说吧。”常文说。

“说什么？”他的话突然搞晕了我。

“说你要离开我，为什么等等。”

我点点头。常文看着我，表情很严肃。

“我要离开你，不知道为什么，也许没有为什么。”我小声地说。

“我同意。等会儿面条送来了我就走。宾馆你什么都不用管，都安排好了，想待几天就待几天，算我送你的分手礼物。”常文一口气说完这些话。

我点头之后，我们再也没话了，一起沉默着等候面条的到来。门铃终于响了的时候，常文想了想才去开门，这细节让我心动了一下。之前，我没有任何感觉，人木木的。

常文要把面条端给我，我让他放到茶几上，我说，我在那儿吃。常文把面条放到茶几上，然后站在那里。我走过去，好像很想吃那面条。经过常文时，他身上散发的味道突然把一切的一切都唤醒了。我改变了路径，直接走进卫生间。衬衫上洗涤剂的味道、烟草的味道、淡淡的颜料的味道、办公室的味道……眼泪再也止不住了。

当我看见常文悄悄走过来倚在门框上看我，我打开水龙头，捧水撒在脸上。常文伸手扯下毛巾递给我。擦脸时，我腿软了，转身坐到浴缸沿上，用毛巾捂着脸又哭起来。常文走过来，蹲在我跟前，抓起我的左手握在他自己的手里，然后捂到他的脸上。

……他头发的味道和原来一模一样，我伸手去抚摸，手感也跟从前一样，泪水又涌了出来。常文又把我的手放到唇边吻着，然后拉我站起来。他拉着我走进房间，闭上眼睛紧紧拥抱我……接着，他跟我一起哭了。

我们和衣躺在床上，面向天花板，静静地听着空气的流动。过了一会儿，常文转身把我搂进怀里。他的声音变得那么喑哑，甚至有些失真：

“别离开我，现在别！”

我不明白女人的某些方面，虽然我是女人。一看常文流泪了，自己就不哭了。我撑起上身，半坐起来，把常文紧紧抱在怀里。常文搂紧我的腰，不再发出任何声音，让我更觉得悲怜。我从床头柜上拿过纸巾，给他擦眼泪。他接过纸巾自己擦。

“过来，躺在我身边。”他轻轻地对我说。

我们面对面躺着，互相看着，看着看着，相视的目光中再次盈满了泪水。我尽量忍住。

“开完会，我去医院了，广源今天的状态不是特别好。”常文告诉我。

“他什么时候住院的？”

“好几天了。”

“对不起，我不知道……”

“别为这个说对不起。你我的事不用跟他的事联系到一起。”常文平静下来，“今天，第一眼看见你的时候，就从你脸上看到了你的决心，好像打定了主意，要结束一切。是这样吗？”

“我现在不想谈这个。”

“等广源死了之后再谈？”常文说着坐了起来，为自己点上一支烟，抽了两口又掐灭了。

我一个人躺在床上，心里很委屈。分手忽然变得不真实，跟广源的确没关系。常文的亲近唤醒了我，唤醒了被流产掩埋的我们之间的曾经有过的感觉。身体比心先醒了过来，欲望开始重新占领我的身体意识和心灵。之前，因为绝望而衍生出的考虑，忽然间统统隐到遥远的无限中。现在，我渴望常文再次走近我，亲吻我。

常文背对我站着，一直在看墙上的装饰画。画面是红蓝白三个三角形色块组成的造型，所有的边线都构成了锐利的交叉点。我走近他，从背后抱住他。他终于转过身，拥抱我。我开始充满欲望地亲吻他，他响应着我的吻……当我进一步暗示时，他忽然抱紧我，好半天之后，在我耳边低声地说：

“改天好吗？”

我立刻点头，好像这是基本的礼貌。

常文离开宾馆回家了，我像一个很重的沙包，被人从高处扔了下来，却怎样都落不到地面，仿佛一直在飘浮中，起起落落的心情赶走了所有的睡意，也赶走了眼泪。

我一个人躺在床上，脑子一片空白，手里握着遥控器，却忘了换频道。CNN 的女播音员，之后换成一个男的，之后换成两个老男人……夜还很长。

我终于鼓起勇气关了电视，闭上眼睛！随它去吧，即使以后永远都是无眠之夜，我也懒得再抗争，我被虚弱放倒后，睡意居然来了。浅浅地睡了一会儿，睁开眼睛看表，睡了大约半个小时。

想给什么人打电话！可已经是午夜！看来只是累了，没疯，还知道不该打扰别人。

给常文打电话！常文不是别人！接下来，脑子里只有这一个念头！告诉他自己此时此刻的感受，因为他不是别人……告诉他这难以化解更难以忍受的委屈，不知道自己错在什么地方，但却坚定地觉得自己错了；不想这么面对，更不想要一个没有结果的结果……这一切正在把我压进一片泥淖，呼吸也变得困难。

难道我不可以夜里打扰常文吗？我可以！但是，我似乎不可以打扰睡在他旁边的那个人……假如我也能打扰她，我就不必这样，一个人承受……但我不能打扰那个人，因为我已经打扰她了？因为我已经开始了跟她丈夫的恋情?

那索性打扰到底吧，这样至少还真实些。

现在才为他人着想，似乎太晚!

我试试忍住这无边无际的自我厌恶，不开电视，但是各种所谓的思考立刻构成更疯狂的折磨：一个念头刚出现就被另一个驳倒，一个接着一个，最终没有一个能够停留，变成我的想法，支配我的行动。这些穿梭而过的念头，像我到目前为止的生活，最终什么都没留下，除了一个人的孤寂。我忽然想起那句老话，女子无才便是德。说的就是我这样的女人吧，受过教育掌握了一点知识，但不等于我有了透彻生活的“才华”，这让我比没受过教育的女人更愚蠢……这么想的时候，心里又是一片坍塌。

那些自杀者的理由都是怎样的?有没有人因为厌恶自己不能忍受自己而自杀?如果有这样的自杀者，即使你们已经不在人世，也请接受我的敬意，敬你们特别的勇气。

我终于打开了电视，不然我会被这些内心的混乱吃掉，像齐心合力的蚂蚁吃掉大象一样。深夜的电视节目是另一个更为恐怖的世界，不是惊悚，而是无聊，最后我开始看付费的成人电影。这不是我第一次看这样的电影，但出现下面的效果却是第一次。我从那些具体清晰的性动作上看到了演员心里的“想法”：烦死我了，快点拍完，给我钱让我回家！接着，我看得更加“仔细”：很多刺激性动作和演员的“表情”居然不十分同步！

电话铃声响了，意料之中的事情。一个带南方口音的男人在电话里问我这个小姐，需不需要一个“伴儿”。我说，我已经有了一个。最后的解脱还是来了——冲到卫生间，呕吐，吐到最后，脸颊开始发麻，镜子里剩下一张所有部分都呈塌陷态势的脸，毫无招架之力的表情，到了介于人鬼之间的地步，神经才开始松弛。我放满洗澡水，躺进温水中，仿佛躺进了天堂的怀抱……心里知道，魔鬼刚刚松开了我，所有的折磨，自我的、非自我的，才算告一段落。

透过水的温暖，我看着自己正在发圆的身体，不由得想起另一个宾馆的浴盆——第一次和常文一同沐浴。

……他亲昵地抚摸着我线条渐渐消失的身体，当他用一根手指轻轻在上面划弄时，我曾伤心地想，他正在试图“重建”那些消逝的线条。

——我不再年轻了。

——然后呢？

——对于你这个时刻盯着造型线条的男人来说，跟我在一起时间长了，会有问题吧？

——要是没有前提，也许会有问题。

——爱情？

——加上理解。从一开始，我在你那里找的就不是外在的。

——就是说，我可以再丑些，再肥些，最后身体就剩下两条圆圆的弧线？

——你不用努力把自己变成那样。如果老天把你变成那样，我也会爱你。只要你头脑里的线条不消失就行。

我憋气鼓起肚子，常文微笑着凑近我，他真心诚意地拥抱着我的身体，在我耳边说：

——你的肥肉也是我的，我都要。

——你的这句耳语，也能在大庭广众之下大声说吗？

——要是我们能结婚，我会在婚礼上说。

——要是樱桃树能吃到樱桃就好了。

假如真有爱神，他（她）尽责了吗？爱情的箭射进心灵之后，如果没有能照亮心灵的火把时，留在心中的爱情多像留下的箭伤啊！当我们在浓重的黑暗中还有想象的安慰时，便还有爱情的甜蜜，之后，便是箭伤的伤疼?

……当我和常文能彼此照亮心灵时，性即使少有，但性的感觉是持续的。好像它的序曲和尾音，超越了性爱本身，光天化日之下也在心里激荡，在感觉中留下诸多美好的感觉——归宿感、和谐感、安全感。性的起动和落下，似乎都充满了交流的密码，彼此的密码对上了，心便贴近了。与青春的激越比起来，与常文的性，似乎是没有开始与结束的分别，性周围所“附加”的一切，不管性行为是否持续，自顾自地蔓延着。谈话，爱抚，谈话，毫无睡意的夜晚和充满性幻觉的白日梦……人沉浸其中，日常生活仿佛也变得性感无比，都充满了快感。

一个女人可以这样深深地爱上一个男人？？

我在步入中年之际，这样深深地爱上了常文！！

爱上了?

爱上过?

——方仪

吴黔，到哪里了？忽然没消息了，有些惦念。估计你到了常文身边，怎么样？来信说说。不是想打探你的隐私，而是怕你做“蠢事”，尽管有些“蠢事”意义重大，可惜只是在道德层面上。关于道德我有过一些思考，好像它是反生命的。即使它的既得利益者，也不会因为道德倾向了他，从而获得更好的生活和生命力。你明白我的意思。

昨晚做梦，梦见你跟常文闹分手，所以今天给你写信。放心，我不是要阻拦你，只想给你讲讲我最近的“经历”，说奇遇更准确。

你知道我更喜欢喝葡萄酒，但命运却让我栽在一个啤酒馆里。

因为葡萄酒？因为总是没有时间？现在回头想，居然搞不清楚因为什么，我和沃尔夫冈很少出去，无论吃饭还是喝酒。不过，我们听音乐会的频率高些。

吴黔，你看我像不像在卖关子？迟迟不肯进入“正题”！如果你真的这么觉得了，别跟我一般见识，让我卖弄一把吧，因为我从来没有过这样的经历和感受。我现在的心情像是把一块无比精美的点心，用最精美的小刀切成若干份，与你分享。希望你有一天也能让我分享你的“点心”。

好了，不卖关子了。他叫米歇尔，是一个在欧洲范围内跑长途的卡车司机。住在我家附近，走路五分钟。也许是因为这个，我们才有可能在那个离我们两家也是走路五分钟路程的酒馆里“遇见”。那个酒馆叫“老酒馆”，一个奇怪的名字。米歇尔家，我家，老酒馆，分别处在三角形的三个点上，几乎是等边的——都是五分钟路程。我遇见米歇尔的那天下午，心情很特别，估计就是人们说的有预感。

我从学校出来，既不想回家也不想去shopping，不知道自己要干什么，便在大街上闲逛起来。天阴着，但没有下雨的迹象，也没有风，走路很舒服。走到那家酒馆时，我已经在街上走了一个多小时，又累又渴，所以进了“老酒馆”。这里的酒馆除了那些时髦的以外，大同小异：吧台后面一个五十岁左右的男人，一边洗杯子擦杯子一边跟坐在吧台前的老顾客聊天。墙上贴满各式各样的老照片，音响和酒吧同时开同时关，大都是一些流行音乐，古老的或过时的……我走进去先看看有没有安静的位置，找到了之后，才点了一个大扎啤酒。

慢慢享受啤酒时，我才发现了老酒馆的不同之处：酒馆吧台后的男人五十多岁，络腮胡子，不洗杯子，和坐在他周围的另外三个男人聊天的同时，不停地翻弄唱片。放上一张，仔细听，然后议论唱片的效果等等。另外一个不同是墙上挂的都是马的照片。离我最近的照片是一匹黑马，乌亮乌亮的，马鬃柔软飘逸，遮住了它左边的眼睛。它目光中有种过于明显的忧伤，立刻打动了我。我反复看这张马的照片，看它的眼神，甚至想以后经常来看看它。

吧台那里的男人们一直在听歌剧，其中有我喜欢的吉吉。啤酒解渴爽口，我很快就喝完了。去吧台结账时，老板说我好像从没来过。我说，也许以后会常来。

他对旁边的男人说，我跟你们说了，我的啤酒……

我说不是啤酒，是那张马的照片。老板听我这么说，好像被触到了痛处，看我一眼，停止找零钱，用杯子又接了一杯啤酒，然后对我说，再喝一杯吧，他请客。旁边的一个男人挪了挪自己的凳子，为我在吧台那里让出位子。我忽然很感动，点头坐下，接过啤酒。

“放张冯·韦因的。”米歇尔对老板说。我扭头，第一次看见米歇尔。老板放上唱片，调整了音量和其他为了达到最佳音效需要调整的。几秒钟的沉寂，之后响起赫尔曼·冯·韦因的歌声……

吴黔，我不知道该怎么描述，直接说，那就是让人（至少能让女人）离开自己常态的声音，自然低沉略带悲伤，但是朴素亲切。我想，没有女人能战胜这声音散发出的亲近的吸引。后来我知道那首歌的名字叫《拥有和保有》。听韦因唱着，真切地感觉到了何谓“春心驿动”，好像已经爱上了一个还不相识的男人。

总而言之，我说不清楚，谁先把我迷倒了，歌词还是米歇尔。至少我听懂的那几句歌词，好像是为我和米歇尔专门写的：偶然，你来到了我的生活……我并没有寻找便发现了你……留在我身边，留在我身边……

就着老板请客的啤酒，我又听了第二首歌，米歇尔小声告诉我，这首歌叫《从前》。

“真好听，下次再来听，我得走了。”我匆忙离开了酒吧，匆忙得有些不礼貌了。大街上的阴冷恢复了我的常态，心里隐隐地遗憾，怨自己没在酒馆里多逗留一会儿。回家的路上，我好像是一个刚刚被机会抛弃的倒霉蛋，心里发誓，要是老天给我回酒馆再喝一杯，再听三首歌的勇气，我……

哈喽，我叫米歇尔。

吴黔，这就是奇迹，就是歌里唱的没有寻找便发现了你。我告诉面前这个人自己的名字。他告诉我他住在“错误大街”，我告诉他我住在“国王大街”。他说：

“错误大街听起来比国王大街更平易近人些，要不要去喝杯咖啡？”

吴黔，我唯一肯定的是，错误大街那杯咖啡开始的一切，肯定不是一个错误。

米歇尔出车，我一个人独处时，你要是不烦，你要是爱听，我想把一切都告诉你（可惜，我没什么文学天赋），希望你也能抓住属于自己的那一份生活。

你都好吗？来信。

——吴黔

老方，你不能想象我多高兴看你所写的一切。虽然你说你没有文学天赋，但我觉得你写得非常文学味，我看的时候跟看小说似的。继续写给我，趁米歇尔出车没回来，全都写来看看。

看你的信，心情像在电影院里一样，完全沉浸在另外的故事中，尽情地分享，这样就可以避免面对自己比较悲伤的故事。听说，这叫电影疗法。我现在没时间去电影院，就采用“邮件疗法”吧。

我还在常文这里，对于我们之间发生的事情，一言难尽，我越来越迷茫。我争取这就回去，回去再给你电话。

继续你的“写作”，它像我的热水袋，像止疼药，像口香糖……

还记得我们开玩笑篡改过的那句歌词吗？现在多么适合你的心境——在什么地方，吻仍然是吻？在卡萨布兰卡！

现在在维也纳，吻也仍然是吻，只是在这里，吻不再是吻。

第二天一天，没有常文的消息。我无所事事地待着，没给他打电话。为什么，我不敢想，怕自己再被思绪撕裂。整个感觉是分裂的：既想亲近常文，又想远离他。

晚上九点多，常文来时，我刚刚订好第二天返回的机票。他坐在我对面的床上，半天没说话，低头看着自己的脚。

我看着他，看着我能看到的一切——他花白头发中的白发，他外套的衣领。我曾经穿过这件外套，还记得它的味道。那是尘土的味道，这件外套不脏，我还记得他这么说过。我不是说它脏了，我说的是它累了。它穿过城市，穿过各种会议室，穿过白天夜晚，一件忙碌的外套，把忙碌变成尘土的味道，织进了自己的纤维中……

看着，看着，我把自己看软了，像融化中的冰激凌，摊开去，变得不可收拾。

“我想跟你做爱，现在，愿意吗？”常文依然低着头。

我没说话，充满深情地看着他，也许从此不再理解女人的理智和决心。常文终于抬起头，当他捕捉到我的目光时，便明白了我的心思。他扑过来，像一座山一样压倒我。

他甩掉了外套，用力地把我搂进他的胸膛，恨不得这样把我消灭进他的身体。他的下巴顶进我的肩胛，用力再用力，直到我全身被痛感主宰起来。我把脸庞紧贴到他的脖子上，任他的气味包围自己、融化自己，直到痛感变得模糊，“转化”为快感……我的身体被发动起来，我期待随之而来的疯狂，把所有的理智顾虑犹豫恐惧都击碎，哪怕把自己也打得落花流水……常文动手扯掉我衣服时，他的全部意志似乎都集中在他的手上，仿佛这双手眼前是他内心的全部表达。我领会之后，便把自己的身体像一件礼物一样交了出去。我躺在那里，闭上双眼，想象着皮肤上可能出现的痕迹，红色的抓痕，即将变成蓝色的疼痛，变成黑色绝望极致的快乐……

我想呼喊一个名字，但没有名字飞出喉咙，只有一个虚无般的“啊”。他抽回双手，和衣坐在我身旁，之后带着一声轻轻的叹息，像一片乌云一样，带着雨意和温暖裹住了我。

我仍然想对他说，我们走吧，一走了之，哪怕走上没有退路的绝路上，我也愿意。但常文先开口了，他的这句话改变了我们的生活，这么说不夸张，尽管我根本不知道为什么。

“我好羡慕广源，终于不用这么累了。”

我坐起来抱紧常文，轻声问他，广源是不是去了。他点头，失去知觉一般，任凭我拥抱，没有任何反应。

“想哭就哭吧。”

“我累了。”常文说。

——方仪

吴黔，米歇尔出车了，去意大利，回程要在法国装货，这个周末我将一个人度过。不过，别把我想得太小姑娘，小姑娘般的浪漫情怀我肯定没有，毕竟半老徐娘一个，所以，面对思念和寂寞我还很有办法的。

我居然相信了你说的话，我的爱情报道变成了你的阳光和热水袋。吃完早饭，我把应该做的事情都推开，一个人坐在窗前的阳光里，听着冯·韦因的CD（可惜不是唱片），给你写信。刚才的那口热茶流进胃里时，我突然想问自己，假如明天便是世界末日，会怎么样？吴黔，眼前的情怀不知为什么居然给了我勇气和从容，好像我真正地经历了我希望经历的一切之后，随之而来的并不是更加强烈的占有欲，而是令人意外的满足和宽容。

假如今天是最后一天，我想我会很高兴，这样我就可以和这份情感，和这份满足永远在一起了。

这一切都是因为你认识了一个人，爱上了一个人！还不知道爱情结局时，已经如此幸福，这难道不神奇吗？因为米歇尔，我想到什么人心里都有一份爱意，甚至想到沃尔夫冈时，也想情不自禁地祝福他和他的女朋友，希望他们能建立一个稳定幸福的生活。

我心存感激。

包括能遇见米歇尔这样的“怪人”。他有过女朋友，后来分手了，因为他女朋友不认为一个卡车司机能给她带来幸福生活。米歇尔不出车的时候，听音乐，做运动，会朋友，他很喜欢看书，喜欢一个人发呆瞎想事。我问过他为什么不建立家庭。吴黔，他的回答让我想到，他就是上帝为我准备的爱人。

“能跟我建立家庭的女人，也就是说能认可我职业的女人，在精神上跟我无法建立联系。而我多半是个逃避现实的人，不然，我不至于在社会意义上这么不成功。而那些能跟我在精神层面建立点联系的女人，发现不了我。我即使发现了她们，也没用，她们看不上我。所以，我选择省略家庭生活的这条路：出门，一个人在外面跑，不需要家；回来，有个窝，能听音乐，能看书，我很满足。

再加上还有很多朋友，可以聊音乐唱片运动等等，人还要求什么呢，挺好了。”

米歇尔的话我几乎背下来了，因为它打动了我。我就是这番话之后走近他，对他说：

“我。”

“你。”他对我说。

“我们。”

“好的，我们。”

我们就这样开始了。

接着，在这么短的时间里，米歇尔为我打开了一个崭新的世界。首先是性爱世界。之前，我从来不知道性可以是这样的，性可以如此纯洁，可以像运动那样昂扬，可以那么强烈……吴黔，我得承认，之前，我从未热爱过任何一个身体，包括自己的。因为没有一个人的身体唤起过我这样的欲望。米歇尔做到了这一点，让我想起过去听说的一句话：男人的爱情一座山，女人的爱情一层衫。如果我被这句话说中了，我该怀疑自己对米歇尔的爱情仅仅是性？不可能。我根本不怀疑我对他的爱情，即使是因为性，我也不会有半点怀疑，爱情就是爱情。

吴黔，我承认，他外出时，我甚至惦记他的肌肉，想象他在卡车里听音乐的表情，想象他在巴黎停车，走向他常去的那个饭店时的步态和神态。对了，巴黎的这个小吃店，聚集了很多卡车司机，但提供的绝对是美食。米歇尔说，他经常在那里跟一个物理学教授碰面。他们是因为吃饭偶然认识的，之后，米歇尔每到巴黎都给他打电话，他们谈音乐，米歇尔听教授用什么人都能听懂的方式讲物理。他说，教授的讲解影响了他的世界观。我曾经问米歇尔，受了物理学影响之后，世界观有何变化。

米歇尔说，他更加相信上帝了。

吴黔，请你原谅，我跟你唠叨了这么多关于米歇尔。其实，我除了忍不住跟你说他之外，还有点别的野心：我想你也能喜欢米歇尔。据我对常文的观察，他肯定也能跟米歇尔相处得很好。我希望我们四个人老了以后，一起周游世界。

……带上一台手摇唱机！

给我消息，也很惦记你，虽然你没有肌肉。开玩笑。跟常文即使不顺利，你也要有耐心。你们有那么好的基础，只要你别太神经质，其他的慢慢都可以克服，记住我的忠告。

——吴黔

老方，你说的周游世界的那一天，诱惑了我，但也让我绝望，好像它远得不能再远了。

广源去世了。

昨天再次见到常文，我们的状态更加说不清楚。

也许彼此都很绝望。

多年的独身生活，让我牢牢地踩住自己的重心，因为没有安全感，所以也不指望什么安全感。我也许根本不信任这个世界。

如果我不信任这个世界，能信任这个世界上的常文吗？

不知道。老方，我说的是实话。

我知道我需要他，因为他曾经回应了我的孤独，像上帝说的那样，人怎能独自温暖？！但这样的相互取暖是不被允许的。即使我们宣布远离这个世界，不与这个世界发生任何瓜葛争执，这个世界也不会放过我们。它要求我们面对他的婚姻！

老方，我现在刚刚征服了一个内心的魔鬼，放弃了退却的打算，给自己鼓了鼓勇气，希望能找到力量，与常文一起面对。

我退了机票，想去参加广源的葬礼，跟他相识、告别。

——方仪

我立刻给你回信，有句话必须提醒你：你们两个人如果现在放弃对彼此的感情，放弃对彼此的信心，也无法再退回到各自从前的状态。如果这样的一场爱情失败了，你们不仅没有得到新生，反而活得不如从前。

流行歌曲可以把曾经拥有唱得缠绵轻松，但你们为这“曾经的拥有”所付出的，我想是你们承担不起的。

向前走一步，既然已经到了这个地步。别让自己后悔。

一片泛黄的树叶飘落着，没有太多的犹豫，似乎朝着既定的目标，忽然一阵微风改变了它的方向，它便朝另一个方向去了……镜头不再跟随这片黄叶，拉回到公园长椅上的女人，她系着一条亮丽的湖蓝色丝巾，满脸泪痕……镜头再次拉开公园的全景，影片结束了。我只在电视里看了这个电影的结尾，它的名字我至今不知道，但这几幅画面总在眼前浮现。离开常文后的生活有点像这片飘摇落去的黄叶，广源的葬礼也许就是决定我命运的那阵“微风”？

我很少参加婚礼和葬礼，回头细想很有意思，错过好多婚礼葬礼的原因都是一些偶发但却重要的事情，并非我不愿意。

也许，我不该参加任何婚礼葬礼，包括自己的。

广源去世后又见到常文时，他问我返程机票是什么时候的，但没邀请我参加广源的葬礼，虽然他说了葬礼的时间。我告诉他我已经换了机票，但也没说打定主意去参加广源的葬礼，同时也没提广源给我写过信的事情。常文说，葬礼后，他找时间陪陪我。

我从常文的目光中看见了乌云般弥漫的绝望。这绝望像阴霾一样，给人压迫，让人觉得任何话语都是虚无的，话语的意义随时都可能飘零飞散。我想，这绝望主宰他之前，他怀疑一切，无论生活还是爱情，怀疑占了上风，绝望才能登场。

常文在我的眼中看见了什么？他是否看见了另外的死亡并没有带给我任何形式上的“安慰”，因为我心中正有一个“死亡”发生着。它听起来不像可见的死亡那么决绝，却有终止希望的力量。在我们对视的那一刻里，我既想帮助常文分担，心疼他，但也有些抱怨，希望重负下的常文偶尔能稍微安慰我一下，像男人应该安慰女人那样。

当然，那时我根本没有看到，常文内心真正的改变。

临走时，他拥抱了我，在我耳边说了声“对不起”。

我不敢把他的“对不起”展开想。对不起，他不能留下来陪我；对不起，他没有力量安慰我；对不起，他有难以倾诉的苦衷……

对不起。

就这样，我参加了广源的葬礼，有点像人们常说的那样：鬼使神差。有时，命运那冰冷的锋刃逼得很近的时候，人反而变得莫名的轻松。

——方仪

不知为什么，我很担心你。我的感觉是，你们见面后该发生的没发生，反而发生了那么多不该发生的。你和常文的外部“环境”已经够艰难，为什么还要彼此为难呢？！

我跟米歇尔说起了你们的事，他说，外部世界永远都是跟人对着干的，爱情的长处是让两个人彼此信任，共同面对外面的困难。我觉得他说得对，这难道不是我们常说的二人世界的意义吗？！吴黔，也许，对你们两个人来说，这是一个非常时期：一方面，因为流产，你发现了自己的软肋——无法面对他的婚姻；另一方面，常文因为你的软弱备受打击（也许，他本来还指望你能给他离婚的力量呢），再加上他失去最好的朋友，打击再加打击，估计快绝望了……这时候，不正是需要你们彼此相爱彼此鼓励的时候吗？

吴黔，坚强些！我回想起你和常文的交往，仍然觉得你们很合适。这么合适的两个人分开，我都会很难过。我不是要你随便破坏别人的婚姻，但你很清楚地知道，婚姻中一方出轨，已经是事实。我不是很相信破镜重圆的说法，那不过是人们妥协时的借口。凡是借口之类的东西，能让他们夫妻两个重新幸福起来？

我不信，估计你肯定也不信。你不敢面对的其实是你的软弱。这软弱很容易被你或被他人与良心混同起来。吴黔，原谅我说话这么不拐弯，现在的时刻对你和常文，太关键了。作为你的好朋友，我不能不说。如果你觉得我说的不妥，请原谅。但如果你是我，也会这么做的。

随时给我消息，别考虑是不是打扰我。我现在有米歇尔，感谢生活的馈赠，只要我能做的，我都愿意做。别说为你，为我不认识的人，我也愿意。这让我觉得，我更好地表达了自己的感激之情。

保重。

那天早上飘起清雪，坐在出租车里，看着车窗外蓓蕾般的小雪花，心情苍然，忽然想知道广源是不是有孩子。天气不是很冷，落地的雪花马上就融化了，路面变得泥泞，车走得很慢。

司机问我去参加什么人的葬礼，我说一个没见过面的朋友。司机三十多岁看上去很善解人意，笑笑，没再说什么。过了半天，司机再次开口。

“人有时候很奇怪，不见面的朋友也许比见面的朋友更长久。”我等待司机的下文，忽然很想聊天。

“我曾经因为打错电话认识了一个女的。到现在快三年了，从来没见过面。我们隔两三个月打次电话，聊聊。有时候聊一个小时，有时候不到一个小时。我知道她是做什么工作的，她也知道我是司机。我们都结婚了，她没有孩子，我有一个儿子。她从来没提出要见面，我也不想见面。现在时间长了，我都害怕见面了。这样挺好的，时间越长越觉得对方挺知心，害怕见面把什么都破坏了。哎呀，世界这个林子太大了，什么鸟都有，你说是不？”

我笑了，笑得一定很会意，已经沉浸在司机的故事里了。

“你跟死者也是好朋友吧？”司机想聊天。

“死者跟我男朋友是好朋友。”我说。司机扭头看看我，笑笑。离目的地还得开一段路，我想跟这个司机好好聊聊，他看上去见识多，明事理。

“他刚四十出头，就走了。”我说。他再次那样意味深长地点头，说明白了。

“他跟我男朋友是多年的好朋友，我男朋友很受打击。”

“现在中年人比老年人更容易得病，甚至得大病。”司机说，“说不定哪天就轮到我们了，像这样玩命地生活，什么体格也不行。像我们开出租的，一天十多个小时，就是铁人早晚也得完蛋。”

“既然都知道，干吗还玩命呢？”

“玩命是早晚完蛋，不玩命立刻完蛋。老婆孩子谁养啊？”

“说得有道理，但听着挺残酷。”

“习惯了就不觉得残酷了。”司机说完往左打了一把轮，逆行一小段，在信号灯附近加了个塞。

“要是被抓住，得罚多少？”

“没事，我前后看了，没警察。我怕你迟到。参加婚礼迟到没关系，参加葬礼迟到不好。”

“也没什么不好的，我没被邀请。”我说完看看司机，他并不问我为什么，可我居然很愿意说说，“我的男朋友也是别人的丈夫，懂了？”

“懂了。”司机边说边点头，“不过，你看上去不像那样的女人。”

“那样的女人还能看出来吗？”

“太能了。她们坐车打电话，什么都说。对自己女朋友，对自己男朋友，有的甚至给人家老婆打电话，大喊大叫的，这些年开车，这类事情听得太多了。”

“我跟那些女人没什么不同，就是没有她们那么勇敢。我害怕。”对司机说完这句话，觉得心里松缓好多。

“看你好像比我大几岁，我叫你大姐，你不介意吧？”

“应该的，不介意。”

“大姐，要是你男朋友不忍心离婚什么，我倒是希望你能理解。夫妻两个一旦有了孩子，就变成了亲人，即使完全没了感情，也很难割舍。”

“你也动过离婚念头吗？”

“不瞒你说，真的动过。”

“为那个你没见过面的女人？”

“为这个没见过面的女人。我几乎不能相信，一个没见过我的女人，居然比我老婆更了解我。我不用多说，她就能知道我是怎么想的。对我老婆，有些话，我总说，她也不明白。”

“但是，你割舍不了。”

“我一看我儿子，什么念头都能打消。”司机微笑地说，“我儿子踢足球呢，说不定能有点出息呢。”

雪停了，街道上的嘈杂声变得更刺耳，车也开到了地方。司机说了一句祝福的话：有情人终成眷属。我给了他加倍的车费，他拒绝。我说了我的理由之后，他收下了：

“希望你回去的路上不拉客，一个人慢慢地开，听听音乐，想想你儿子。”

遗体告别大厅外面，聚集了一群人，三五成群地聊天。雪停了，气温好像也降低了，人们不由自主地拉紧衣领。我站在稍远的一片松林前，不太清楚接下来自己该怎么做。整个墓园笼罩着悲伤的气氛，我想，主宰这气氛的是从这里出去的死者们。死的分量散布在这里，压抑着这里可能产生的生机。偶尔便能看见，那些广源在世时的朋友们，聊天时随时把握着自己的情绪，及时扼杀过于高兴的表情和那些本能迸发的笑意。每个人都在努力让自己的举止与墓园的气氛吻合，算是对死者的尊重吧。

看见常文和另一个中年妇女从大厅里走出来时，我心里紧张了一下。他招呼一个正在聊天的男人，传达了什么信息，然后那个人便招呼所有的人从右边的大门走进遗体告别大厅。人们差不多都进去之后，我走过去，跟在一个老头后面，也慢慢走进大厅。

哀乐像空气里看不见的飞絮，弥漫在各个角落。遗体告别大厅中央躺着被鲜花簇拥的广源。他头顶附近站着几位亲属，刚才跟常文一起出来的女人垂头站在正中央的位置，我想她是广源的妻子。走在前面的人默默地看着广源，走近家属时，寒暄几句。当我看见队列中常文和他身旁的女人时，异样的直感告诉我，她就是常文的妻子。

我努力收回注意力，经过广源遗体时，我下意识地放慢了脚步：广源跟我想象的样子完全不同。看他的信时，觉得他应该是一个胖乎乎的戴眼镜的乐观和蔼的男人，而躺在这里的广源几乎可以被看成是常文的兄弟，瘦削，五官棱角分明，化妆之后的脸上依然留着几分苛刻，仿佛要永远保留自己的批评态度。只顾看广源，发现自己落单时，已经跟刚才走在我前面的老头拉开两米左右的距离。我觉得好多人都在看我，索性望过去证实一下。我发现，毫不掩饰看着我的人有两个，一个是常文，另一个是广源的妻子。

我在广源头顶上方的鲜花旁停了一下，在心里郑重地向他告别，初次见面也是最后一次，希望今后的生活中再没有这样的事情发生。经过他妻子时，我稍微点点头，便加快脚步跟上前面的人们，经过另一个门，离开了大厅。我混在人群中，正想一个人离开时，从后面传来的一个声音让我停住了脚步。

“你等一下。”一个女人的声音。我无法确定是不是冲我说的，但我停住了。

广源的妻子站在那里，充满敌意地看着我。没等我开口，她的话语已经像子弹一样射向我。这些话刚才在大厅里她一定忍了半天了。

“你不觉得你非常不合适参加这个葬礼吗？！我没想到，你居然不要脸到如此地步。你以为你是谁，你想破坏别人的家庭就破坏，你害死了广源，居然好意思参加葬礼，你这个贱货……”我无法反应，周围的人都在看着。先是过来一个男人企图阻止她，但她更加疯狂地叫骂。接着常文闯了进来，看见他，我的眼泪直往上涌。他走近广源的老婆，低声说了什么，广源的老婆惊讶地抬头看我，突然用手捂着脸，嚎啕着转身跑开了。

我突然那么疲乏，几乎丧失了离开那个地方的力气。

刚才走在常文旁边的女人站在近处看着我，我差不多确定她就是常文的妻子。常文走近我，背对着他妻子，他说：

“对不起，她搞误会了。”旁边的人知趣地散开了。刚才劝阻广源妻子的男人再次走近我。他对我说：

“对不起，我姐有点受刺激了。你是……”

“她是S大的老师。”常文公事公办的口气。

“认识广源？”

“就是。”常文替我回答时，我的目光再次不由自主地飘向常文的妻子。她安宁地看着我，她目光传达出的含义，我仿佛也读懂了。她慢慢走过来，静悄悄地站在常文身旁时，常文后退一步，连忙掩饰自己的慌乱。

她看看我，看看常文。常文稳住自己之后，介绍说：

“这是我爱人王红，这是吴黔老师。”

常文的妻子个子不高，皮肤白皙，五官很秀美，应该说是一个端庄的女人，非常沉得住气。她让我想起当年样板戏中的阿庆嫂。

“吴老师，不一起去吃饭吗？”她不紧不慢地说，像是一个很有心计的女人。常文没了下文，我说，抱歉，还有事，先走了。我说完转身，快走几步，离开人群。

我离开人群之后，眼泪才哗哗地流出来，浑身乏力疼痛，心里被各种刺激搅得乱七八糟。被广源妻子误会的委屈，被常文妻子审视时的窘态，被常文欺骗的感觉——他妻子跟他说的几乎完全不同……统统侵袭过来，脚步都有些踉跄。

“吴老师，请你等一下。”

这是什么样的声音！我想不出，一个女人能承受多少次这种从背后传来的威严之声，它仿佛拥有道德的权力，带着劈头盖脸的蔑视，无情地打击；被打击者根本无法招架……我只来得及转身前擦干眼泪。

常文的妻子一个人站在我身后，带着微笑看着我。这是我第一次见到让我害怕的微笑。

“你认识常文多久了？”她说话时依然带着微笑，但这微笑不妨碍某种凶狠从话语中放射出来。她吸取了广源妻子的教训，努力保持自己作为优胜者的阵脚。

“不到一年。”我突然变得无所谓，一切一切的尽头已经出现在眼前。

“你是怎么打算的？”

“没有打算。我明天回日本。”

“不再回来了？”

“跟你有关系吗？”

“你说呢？”她咄咄逼人。

我把目光投向远处，看见常文正朝我们的方向走过来。

“你说的对，我很抱歉。”我不想再掩饰，“我保证，即使回国，也不会回到这个城市。对不起，先走了。”说完，我跑开了，越跑越快，想把身后的常文、常文的妻子，还有跟他们有关系的一切，永远甩开。跑出墓园的大门时，心里祈求着，带我远离，远远地离开，永远！

第三部　尾　声

从前有个姑娘，年轻时爱上了一个士兵，部队开拔，小伙子跟着队伍走了，再也没回来。姑娘无法熄灭自己对这个小伙子的爱情，便把它像一截燃烧的蜡烛一样，慢慢放进自己的心里。后来，姑娘结婚了；后来，姑娘又离婚了……无论怎样，她心里的蜡烛还在烧着，每隔一段时间，她就会被一个相同的念头激动起来，焕发起来：小伙子万里迢迢，打听了无数人，终于找到了她，出现在她的面前。

她过六十岁生日的第二天，穿上一套漂亮的黑西服，对自己的一双儿女说，她过去的一个好朋友去世了，她得去参加葬礼。从葬礼回来的这天晚上，她一个人躺在床上，知道心里的蜡烛熄灭了，它的光亮和温暖也随即消失了。她告诉自己：小伙子死了。她在日记中记录了这些，之后，睡着了，再也没有醒来。

她的一双儿女发现她已经离开人世时，与她安详表情同样显眼的是那套漂亮的西服。她的女儿后来在一本书里写道：

“妈妈安详地睡着，摆放在床边的那套黑西服提醒我们，好像她明早还要穿上它，去参加另一个葬礼——一个她自己的葬礼。我惊奇，在这个世界上，居然还有这样的死亡：死者不只是死了，而是参与了自己的死。”

……这本书是那段艰难时光里，我唯一读完的一本枕边书。读完之后，我仍然把它放在枕边，像护身符一样。某些时候，奇怪的事情和感觉反而很真实，这个故事因此很紧地贴近了我。

那个一直等待的女人，过了一辈子自己希望过的生活。我到了不惑之年才发现，与那个女人相比，我架空了自己的生活。经常是做自己的事，也觉得跟自己没关系。方仪从心理学角度把它解释为一种自我保护。可惜，对理论，哪怕适合我的理论，我也不再有兴趣。过去的生活曾经是一部彩色的有声片，抽掉了颜色和声音，便很像眼前生活的“无声片”，容不得细看；否则不真实，还有些可笑。

佐佐木教授说了那句关于羞耻的话，顺手把我推进了过去的漩涡中。要是他不说这句话呢？我这么问自己的时候，没有答案，但立刻又向自己提出了另一个问题：他说了这句话，我因此回到了过去；当我从过去中再钻出来时，又会怎样？

老天！请原谅如此愚蠢的问题！

……经常想起常文，想他正在干什么，想他的样子会不会变化，想他今晚有没有睡好……想他想起我时可能有的表情和神态……奇怪的是，越想他，他便离得越远，他离得越远，越难忘记……

他曾经画过一个我的小幅肖像，估计扔在他画室的某个角落里，看着继续画画的常文。我承认，老方所说的有一定的道理，与常文告别的那个晚上，对我意义无比重要。随着时间的推移，我渐渐地有了某种力量，从容地看着那个晚上走上心中的地平线，再缓缓地走近我。不经意间，一切都还原了。

那天晚上，我唯一的期待就是让时间快点过去，好像能让我获救的只有那返程飞机，越上云层，离开尘世。重新降落时，将是另一个尘世，一个崭新的尘世。在那里，我可以埋葬过去，可以不再指望未来，可以只活在当下的每一天、每一分钟里。

常文进来的时候，我并不意外，他是一个负责任的男人，至少对我来说一直都是。在我对面，他的表情告诉我，他是有准备而来的。

“你来了之后，我们还没谈过流产的事。”他说。

“不谈也行。”

“我明白你的意思。听说，流产对女人影响很大，我不希望你因此有什么阴影。”

“应该没有。通过流产我好像更……”

“更冷静了，更透彻了？”

我从他的口气中听出了讽刺，便缄口了。

“也许我的感觉不对，流产之后，我觉得你已经决定离开了。我的全部使命好像就是让一个妇婴医院的大夫护士知道，你我有生育能力，但我们不需要这能力。”

“当初和你商量的时候，你要是坚决到毫无商量余地的地步，也许，今天你我必须面对的将是另外的现实。”

“怪不得男人都认为女人不可理喻，你们的确不可理喻。”

“谢谢你，终于把我跟别的女人等同起来了。”

“不用谢，这不是你一直努力在做的事吗？你那么突然怀孕了，问我的态度。我当时想到的是跟随你的意愿，首先别让你心里不舒服。你说想要，我会积极响应，你说不要，我同意你……”

“我，我，我，你到底是怎么想的，你的愿望呢？”我忽然喊了起来。

“你终于喊出来了，早就应该这样了。我告诉你，我当时的愿望是继续爱你，跟你建立一个共同的生活。如果你想要这个孩子，我们就得在面对孩子的同时，面对其他事情。如果你现在还不想要，我希望你和我共同面对我的婚姻，之后，我们再要孩子。但是，你的想法显然跟我的不同。你居然想一个人留住孩子，然后从我眼前消失，你以为这样就可以留住爱情，是吗？你能看见你有多自私吗？你看不见你放弃的到底是什么吗？你放弃了我，把我扔回到从前的生活。你从我这里得到了孩子，把对我的感情寄托到孩子身上。你可以给自己充分的理由，不去破坏别人的家庭，你的良心无法承担我老婆可能崩溃的事实等等，然后你就拥有你的爱情了，是吗？如果爱情就是这副德行，它绝不可能持续几千年。”

接着说话的仍然是常文。那以后，我觉得自己已经没有说话的必要了。

“其实你什么都没放弃。你长得很好看，至少对我来说是这样。按你自己谦虚的说法，也是长得不难看。你有才华，心地善良，善解人意，有事业，即使带上一个孩子，也不难找到另一个男人，你现在会说，这绝不可能。我相信你，但我更相信时间。时间久了，你会被另外的男人打动，你会希望另外的男人帮助你对付孤独和困难。那时，如果你碰到一个认可你也认可孩子的男人，就都成了。你可能会偶尔想起我，像回忆一声叹息那样。然后呢？生活在继续。最后你能看见，你什么都没放弃，换个男人而已，如果你能再爱上这个男人，连爱情你也没放弃，不是吗？如果你无法爱上这个男人，还想着我，那你除了爱情也没放弃任何其他。我说了这么多，也不是要责备你，大多数人都这样，我们都是这么过来的。我也一样，可惜认识你之后不一样了。”

在我还没准备好面对自己的羞愧时，习惯地拿起另外的武器。我断言，那个断定我以后会爱上别人的人，也许会比我先开始另一段感情，因为他习惯不停地开始。

“但我在爱你的时候，没去想这种可能，也没给这种可能任何机会！”说完，他激动地站了起来，补充了一句，“我没想到，你居然这么、这么无耻！”

当他骂我的时候，我心里好过了一些。这是他第一次骂我，我知道也是最后一次。

“当你亮出你的良心，暗示我看到离婚可能有的后果时，你知道我的感受吗？我的心在流血。我觉得惨透了，我是一个一直逃避的人，等到终于要豁出去一切的时候，却碰上了另一个逃避的人。”

越来越接近事实的时候，我几乎丧失了承受这事实的能力。我请求他不要再说了。

他疲惫地说：

“我已经不能像之前那样体贴你。我想说就会说。”

那之后，他没有再说什么。他靠在沙发上，闭上眼睛。

过了一会儿，我小声地问他，难道他真的想过，无论如何都和我一起面对吗？

“想过。”他闭着眼睛说，说得很虚幻，好像那想法已经在昨天过期了。

“你也想过吗？”他闭着眼睛问我。

“我一开始想，马上就是各种可能有的后果，威胁、崩溃、混乱等等。也许你会被开除……”

“我有过思想准备。”他重新坐好，恢复了刚才没有表情的表情，“去吉江的时候，我不是跟你说过吗？我们可以当民办教师，可以去种地。”

“如果你老婆……”

“如果她走极端？我当然会极力避免这种可能性，但我不会因此被吓住。我终于能面对这一切，不仅仅因为对你的感情，也有对我老婆的考虑。我不面对也不等于我还爱她，不等于我还愿意跟她共同生活。我们之间这么长时间的婚姻生活，一方面建立了感情，另一方面也建立了太多的伤害。我几乎一直在欺骗她。感情的背叛是无法掩饰的。当我跟别的女人在一起时，她不可能没有感觉，也许她逼着自己容忍了。维持这样的生活，抛开我的感受不说，对我老婆也是不公平的。我甚至觉得，因为你，我想到离婚时，我对我老婆也产生了一点爱情，因为我对她终于变得有些尊重。总是欺骗她，让我良心不安。”

这一刻里，我觉得自己被所有人抛弃了，包括被自己。接着是难以忍受的无地自容。

“我原以为，现在终于到了我不再折腾的年龄，可以忠于一个自己爱的女人，看来，这不过是我的白日梦。老天根本没给准备一个这样的女人。”

我请求常文拥抱我一下。他按我要求的那样拥抱了我。我对这个拥抱所指望的一切都没有发生。这是一个礼貌的拥抱，冷却了所有可能迸发的激情。这最后的拥抱不是我最后的幸福稻草，是常文内心积聚到顶点的失望和从里到外的疲惫。

感谢老天，我没有流泪，不然会觉得更加羞耻。这就是我辜负一个人的惩罚吧。我想，如果我再努力做什么，无论什么，只能在这个惩罚上再加一个惩罚——让我最后再失去自尊。

他依然抱着我，准确地说，是在用自己身体的力量承受着我的体重。我靠在他身上，仿佛靠在一个沙袋上，心里印满了不同写法的“完结”。

“走的时候，别回头看我。”我离开他的怀抱前，对他说。

“为什么？”

“我不想在你的眼神里看见自己现在的样子。”

“好的。”他松开我。我已经闭上了眼睛。他在我跟前站了几秒钟。他转身离去……我猛然间睁开眼睛，发出了让自己也感到惊恐的叫喊：

“别走！”

他在我的声音中停住，然后回转身，站在原地看着我。

“别这么分开。”我几乎在哀求。他仍然站在那里。

“也许以后永远都见不到了。”我微弱的声音好像是从尸体中发出的。

他终于哭了。看见他的眼泪，我笑了，哭了，仿佛得救了一样。我走进他的怀抱，我们紧紧地抱在一起，尽情地哭起来。

当泪水流尽的时候，终于可以泪眼相望的时候，他对我说：

“保重自己。”

“你也是。”

他再次松开我，轻轻推开我，依然是不舍的，但将是永远的。

“以后不联系了？”我问。

“不了。各忙各的吧。”常文说完对我发出一个微笑，我还回一个相似的微笑，但泪水又涌上来。

“走了。”常文最后说。

转身。

开门。

关门。

走了。

永远。

常文，一个瘦高的男人，五官轮廓很像江南的秀气小生，无论目光还是神态，却有某些北方男人的粗野，从不留长发，走路的样子更像工人，只有身上偶尔散发的油彩的味道，才会使人猜想，他可能是个画家。